JN088446
神楽坂上矢（かぐらざかかみや）
佐取燐香（さとりりんか）
非科学的な犯罪事件を解決するために必要なものは何ですか？
What do you need to solve unscientific crime cases?
「率直に聞く、君は何か特別な力を持っていないか？
例えばそう、透視をする力とか、そういうものを」
「……………本気で言ってますか？」
私が返した冷たい言葉を、
おじさんは噛み締める様に瞑目した。

神楽坂上矢

「……あのですね、神楽坂さん。私、隠し事がありまして」

私は、片手を指を鳴らすように構え、何も考えないままその手を攻撃態勢に入っている〝紫龍〟へと差し出した。

「私、ちょっとだけ凄いことができるんです」

佐取燐香

「クソガキィ、お前だけは無事に帰さねぇぞっ……」

紫龍

佐取桐佳
佐取燐香
「……お姉、最近携帯ばかり見てるけど、
彼氏でもできたの？」
「べ、別に彼氏とかはできてないし！
ただのくたびれたオッサンの
手助けをしてるだけだもん！」
「え……お姉、高校生とつるむオッサンは
完全に不審者だから近付かない方が良いよ？」

非科学的な犯罪事件を解決するために必要なものは何ですか?

色付きカルテ

イラスト：よー清水

CONTENTS

第一章

犯罪事件に巻き込まれる確率は？

――――拝啓、この世界のどこかにいらっしゃるであろう神様へ。

人間生きて八十年、長くとも百年の時代となりましたが、まだまだ私達は神様が望む様な形を成すことはできていません。

神様が望むような高度な知性体系を、いまだ私達は築くことはできていないのです。

それどころか、人は日々間違いを犯すものです。

私達が試行錯誤を繰り返して、最善だと思った道を進んでいても、後になってそれが間違いだったなんてことも多々あります。

幾度となく繰り返される間違いを目の当たりにして、貴方様がお怒りになるのは当然ではあります。

それでも、仕方のない奴らだと、優しく許すのが貴方様の役目なのではないでしょうか。

優しく許すのが難しくとも、多少の痛みが伴う罰を与える程度に収めるべきだと思うのです。

ましてや私なんて十五年程度しか生きていない小娘です。

いくら私がこれまでの人生で盛大にやらかしていたとしても、軽い天罰を与える程度で十分だと思うのです。

少なくとも……そう、少なくとも、まだ年若い私に命に関わるような罰はあまりに重すぎると思うのです。

十五歳の小娘に与えるべき罰はもっと他にある筈(はず)です。

きっと、多分、そうだったらいいな、なんて思うのです。

なんて、そこまで考えた私は目の前の悪夢が収まっていないかと願い、そっと瞼を開いてみるが、そこにある光景は変わらない、大きな出刃包丁を持った男がバスの運転手を脅している後ろ姿だった。

その光景を目の当たりにして、改めて私は心の中で思うのだ。

――こんな、学校へ向かう早朝のバスの中で、刃物を持った男がたまたま私の乗ったバスをジャックするなんてあんまりだと思うのです……。

……ばい、入学したての一般女子高生、佐取燐香(さとりりんか)の嘆きの言葉。

◆◆◆

私は何の変哲(へんてつ)もない家柄の両親のもとに生まれ、兄と妹に囲まれてすくすくと育った。

幼いころに母親が亡くなっていたり、兄との仲が不仲だったりと家庭的な問題はちょっとだけあるが、それでも家はギリギリ都会と呼べる範囲に位置しているし、暮らすのには不自由ない程度に裕福な、他人よりも恵まれた家庭である。

そんな恵まれた家庭で育った身ではあるものの、私自身は人には言えないちょっとした特技を持っている程度で、それなりの進学校に通っていることくらいしか他人に誇れるような経歴はない。

学校での成績も悪くはないが、何かスポーツで人々を驚かせる結果を残した訳でも、私生活で人気を博(はく)すような活動をしている訳でもない。

少し友達が少ないだけで特段目立つことのない、どこにでもいる高校入学したてのそんな女子高生。

それが私、佐取燐香だ。

他人よりも恵まれた家庭の、大きな山もなく深い谷もないような日々の暮らし。

学校に行って勉学に励み、仕事で夜遅い父に代わって家では家事をする私の日常。

全部を親にやってもらえている人達と比べれば自由が少なく忙(せわ)しない生活だろうとは思うが、私としてはこんな日常も嫌じゃなかった。

だって私達が暮らす現代社会は、色んな科学の発達により充実している。

水道や電気などの生活に不可欠な重要インフラ。洗濯機や掃除機など家事労働を補助する機器。携帯電話やインターネットなどの通信機器に小説や漫画、アニメやゲームなどの娯楽品。外に目を向ければバスや電車などの交通機関なんてものがあって長距離の移動にも苦労することはない。

様々な科学の発達で生活は昔と比べると格段に良くなっているらしいし、安全性なんかは昔よりもずっと良いと聞く。

そんな科学の進歩によって色々なものが保証されるようになったこの現代社会だからこそ、刺激のない生活に飽き飽きしている人も多いと聞くが、私の場合はそんなことはなかった。

少し刺激が足りないと思う時はゲームなどで発散することはできるし、日ごろのストレス解消道具は探せばいくらでも存在する。

科学が進んだ現代社会では時間を持て余し外で遊びまわるだけが幸せではなく、私のような自由な時間が少ない学生でも十分楽しめる方法が身近にいくらでもある。

何でも楽しめる、雑食動物のような趣味嗜好（しゅみしこう）をしている私にとっては現代社会という環境はこの上なく性分に合っていて、現状に何一つ不満を持つことなく、十分幸せな生活を送っていたという訳である。

だから断じて、刺激的で、非現実的な場面に遭遇（そうぐう）したいと思っていた訳ではないのだ。

「おらっ！　お前ら動くんじゃねぇぞ！　少しでも反抗的な動きを見つければ、始末し

てやるからな！」

体格のいい中年男性が運転席近くで吠え立てる。

手に持っているのは男の太い腕に見劣りしない大きさの出刃包丁。

そんな出刃包丁を持っているというのに、男は重さをものともせず、軽くそれを振り回していた。

「お前らは俺の財産だ！　使い道は俺が決める！　俺に反抗するような財産は処分する、言いたいことはわかるよなぁっ⁉」

そう言って、犯人である男は窓を叩き割り、窓の近くにいた私と同じ年くらいの男子生徒は目の前で行われた暴挙に顔を蒼白にして悲鳴を漏らした。

そして、そんな男の暴挙に恐怖を覚えたのは男子生徒だけではないだろう。

素人(しろうと)ではない、そう思う。

人の恐怖という感情を、この犯人はよく理解している。

身の危険をより身近に感じさせるのはいい手だ。

あの砕(くだ)かれた窓が自分だったら、そんな思考が一瞬でも頭をよぎってしまえば人は恐怖に打ち勝つことは難しい。

少なくとも力自慢にも見えるその動作で、乗客に残っていた僅(わず)かな反抗心は砕かれた。

男は運転手へと向き直る。

「おい、高速に乗れ。絶対に停まるなよ。停まったらその度に一人殺す」

「お、落ち着けっ、こんなことしてなんになる……か、金なら渡すから……」

「馬鹿かよ、バスに入ってる金程度でこんなことするか」

馬鹿にしたように男は運転手を笑うが、正直それ以上に馬鹿なことをしている自覚を持ってほしい。

ちらりと腕時計に目をやって、登校時間が過ぎゆくことに頭を痛める。

私はただ、学校へ登校したかっただけなのに……。

朝早くに起きてお弁当と朝食を作り、早めに家を出た日に限って、こんな事態に巻き込まれる。

自分自身の運のなさに辟易するが、そんなことをうじうじ悩んでいても仕方ない。

取り返しのつかないことになる前に解決策を探すべきだろう。

バスジャックを起こした犯人は、顔を蒼白にしている運転手の横で電話を始める。

「――聞こえてるか、今俺は二十人が乗ったバスをジャックした。要求は三つ、一つ、逃走用の車両と拳銃三十丁、現金十億円の用意。二つ、警察庁長官の辞任。三つ、刑務所にいる囚人の全釈放だ」

「な、何を言って……⁉」

「うるせえ！　今電話してんだよ！　お前を殺して乗客に運転させてもいいんだぞ‼」

「っ……！」

「また電話をかけなおす。一つの条件につき猶予は一時間だ。一時間ごとに条件を一つも呑めなければ、その度乗客を一人殺す」

それだけ言って、犯人は電話を切った。

随分とまあ、大胆な要求だと思う。

そんな要求が本当に通るとは思っていないだろうに、どういうつもりなのだろう。

いらいらとした様子で窓をもう一つ叩き割った犯人に、乗客達は肩を震わせて怯えている。

バスの中を目だけで軽く見渡せば、乗客は犯人が言っていた通り二十人程度しかいない。

その中のほとんどは、体格が良くおそらく武術の心得がある犯人に対抗できるようには見えない。

私のような学生が五人に、会社員の様なスーツの人が八人、主婦のような女性が三人とそのうちの一人に連れられた赤ん坊、あとはやけにくたびれた雰囲気を纏う三十路くらいの男性と年配の老夫婦がいるだけだ。

どう考えたって、筋骨隆々とした犯人に対抗できるようには見えない。

数的に見れば、戦力にならない赤ちゃんを抜いたって数倍以上の人数差があるのだから、数で押せば押し切れそうな気もするが、何分犯人とは覚悟の差がある。

無理に抵抗しようとした場合、犠牲者は多く出るだろう。

「そんな死んだような目をするな少女。何とかなる。だから、大人しくして、不用意な行動は控えるんだ。いいな？」

そんな風に状況を確認していた私に話しかけたのは、私の隣に座るくたびれた雰囲気の三十路くらいの男性だった。

不健康そうな目の下のクマやこけた頬に目を奪われるが、彼の手は確かに武骨で大きい。

あの犯人とやり合える可能性があるとすれば、この人くらいだろうか。

「あの、この目は生まれつきなんですが」

「はは、そんな死んだ魚のような目が生まれつきな筈がないだろう。まあ、冗談を言える余裕があるのは良いことだ」

「…………」

失礼な男である。

鋭い目で犯人を観察するこの男性の横顔を不満を訴えるように見つめる。

まあ、しかし、現状を解決しようとしてくれているようではあるのだ。

他の乗客は怯えて反抗しようとする意志すらないのだから、この男性は立派だ。

しかし、ここで動いてもこのおじさんの失敗は目に見えている。

通路側に座る私の精神を少しでも落ち着かせ、制圧時にすぐに退いてもらえるよう私に話しかけたのだろうが、まだ退く訳にはいかない。

「あの、おじさん。今動くのはやめておきましょう。不利にしかなりませんよ」

東夕明坂駅前
HIGASHI YUAKESAKA STA.

「……なに？」

「…………」

言葉にせず、視線だけで私の後ろを示す。

私が伝えようとしていることは伝わらなかったようだが、何か嫌な予感がしたようで、おじさんは閉口し動くのをやめる。

本当は会話すらしないほうが良い。

この、当日思い立ったかのような杜撰(ずさん)で意味の分からない犯罪行為だが、この犯人達はおじさんが思うよりもずっと危険で計画的な奴らなのだから。

「……ひっくっ」

「泣かないでっ……お願いだから、静かにしててっ……」

静寂(せいじゃく)に包まれていた車内に響く、赤ん坊のぐずる声。

それを必死に母親があやすが、苛立(いらだ)っている犯人の目は鋭く二人を捉えた。

「おい、それを黙らせろ。できないんなら俺がやってもいいんだ」

「ひっ……すいませんっ、すぐに泣き止(なや)ませますからっ……」

犯人はなぜだかとても赤ん坊の泣き声を聞きたくないようで、母子を見る目は恐ろしいほど鋭い。

怯えながらも母親は必死に赤ん坊をあやすが、恐怖で引き攣(ひつ)った顔でやってもそんなものは裏目に出るばかりだ。

赤ん坊は母親の普段とは違う雰囲気に怯え、どんどん大きな声で泣き始めてしまう。

赤ん坊の泣き声が車内に大きく響き渡るのにそれほど時間は要さなかった。

「お願いっ……お願いだからっ……！」

母親の必死な懇願も赤ん坊には届かない。

いらいらとした視線を向け続ける犯人がだんだんと限界を迎えていくのが見て取れた。

それほど時間も経たない内に、犯人が母親の元へと進み出そうとしたため、仕方なく私が動くことにする。

犯人である男に害意はなくとも、追い詰められた母親が何をするかが分からない。

席から立ち上がり、隣のおじさんの制止しようとする手を避け、驚く犯人の前を横切り、私は彼女達の元に歩み寄った。

「はいはい、怖いですよね。でも大丈夫、お母さんと一緒にちゃんとお家に帰れますからね」

赤ん坊の頭を撫でる。

幼児特有のぐちゃぐちゃの思考を整えるために、人肌に触れさせ強制的に落ち着かせる。

あうあうと、しゃっくりを上げながら徐々に泣き止んだ赤ん坊の様子を見届けてから、不思議そうに私を見上げる赤ん坊の瞼を手のひらで覆い「おやすみなさい」と小さく囁いた。

そうすれば魔法のように、すう、と赤ちゃんが柔らかな眠りに落ちる。

なんとか犯人の要望通り赤ちゃんを静かにさせられた。

だが、これで一安心という訳にはいかないようだ。

振り返れば、勝手に動いた私を冷たく見下ろしている犯人がいる。

「小娘、自分が何をしたか分かっているのか？」

「不快にさせたならすいません、私も赤ちゃんの泣き声はうるさかったもので」

「俺が最初に言ったことを覚えているよな？　お前は」

「ええ、ですから、警察が要望に応えなかった時の見せしめの一人目は私にしてください」

「……は？」

目を見開いた犯人を見上げ、目を合わせる。

赤ん坊を抱えた母親が何かを言おうと口を開き掛けたが、私は母親へ手を向けて黙らせる。

「今殺すのもあとで殺すのも一緒ですよね？　なら、財産は慎重に使った方がいいんじゃないですか？」

「そりゃあ、そうだが……お前、自殺願望でもあるのか？」

「学生の私にそんなことを聞きますか、死にたくないですけど譲れないことってあるじゃないですか。それが当てはまっちゃっただけです」

「…………そうか」

ならこっちに来い、と乱暴に腕を引かれ、車両の前方まで引っ張られていく。

運転席の隣の床に座らされて、トンッ、と肩に出刃包丁の刃先が置かれる。

「なにかあればすぐにお前を殺す」

「ええ、はい。それでお願いします」

肩にのせられたずしりと重い感触。

私としては何とかその場で殺されるのを防げたと内心大喜びな訳だが、周りはそう取らなかったようで、ほかの乗客が私に向けている感情は暗いものだった。

特にあの母親からの視線は、悲愴感が満ちすぎている。

止めてほしい、死ぬつもりなんて毛頭ないのだ。

私だって無策でこんな提案したわけじゃない、活路を見出しているから動いたに決まっている。

むしろこの位置に来るために、私があの母子を利用したようなものなのだから。

周りの乗客に聞こえない程度の声量で犯人に話しかける。

「犯人さん、少し会話しませんか？」

「……お前、本当に命知らずだな」

「どうせ死ぬことが決まっているなら、動機とか諸々を少し知りたいと思いまして」

「……何が知りたい」

ため息を吐くかのような言い方でそう聞いてきた犯人に、表情は変えずに、やはり答えてくれるかと安堵する。

口では色々粗暴なことを言っていた犯人の男性だが、誰かを助けようと動いた人間を手に掛けるのには彼なりの躊躇がありそうだ。

「では、犯人さんの要求に合わせて三つだけ。まずは動機を教えてください」

「交渉のためだ、さっき電話したあの要求が通れば、俺はお前らを解放していい」

「なるほど、じゃあ次に、その要求した物を持ってどうするつもりなんですか」

「……さあな」

「なるほど。では最後に――――貴方が取り戻したいものは、この方法で本当に取り戻せると思っているのですか？」

「…………何を、知っている」

詳しい事情など知る訳がない。

でも、質問を重ねたことでこの犯人達の動機はある程度読めた。

あとは、ゆっくりと説得をしていけば……、なんていう風に悠長に考えていたのが悪かったのだろう。

バスの窓から見えたのは、近くを走る警察車両。

ヘリの音がわずかに聞こえるのを思えば、このバスの動向は上空から監視されているのだろうか。

犯人の顔に緊張が走り、それでも、彼の目線は私から外れない。

バスジャックなんていう馬鹿げたことをしている男が震える声を出す。

「お、お前は……あの子がどこにいるのか、知っているのか？」

「ええ。彼らが何のためにその様なことをしたのかも、知っています」

警察がこの車両を包囲し始めているというのに、犯人の注目は私に向いたままだ。

チラチラと運転手が私達に視線をやり、なにが起こっているのかと動揺しているが無視をする。駆け引きの山場はここだろう。

「警察は信用できないですもんね。言いなりになるしかないですもんね。子供の無事を祈るしか、できることがないですもんね」

「っ……」

「――大丈夫、私がやっておきます。貴方が取り戻したいものは、必ず私が取り戻しておきます」

肩にかかっていた出刃包丁の重みがなくなる。

見れば犯人の男は呆然と、泣きそうな顔で私を見ている。

(敵意がなくなった。じゃあ、あとは後ろの方も――)

よし、説得成功、と喜んだのもつかの間。

好機だと判断したのか、一番近くに座っていた眼鏡の男子生徒が犯人に飛び掛かった。

驚愕したのは私だけじゃなく、完全に私に注意が逸れていた犯人も思わぬ奇襲に少しよろめくが、すぐに組み付いた男子学生を振り払い、地面に叩き付けた。

「テメェッ！　死にてぇのかクソガキ！」

「ひぃぃっ！」

「あ、ちょ、ちょっと待ってください」

振り上げた出刃包丁が男子学生へと振り下ろされようとして、私は慌てる。

もう少しで言いくるめられたのにとんだ邪魔をしてくれた訳だが、だからと言って死んでも良い訳ではない。

恐らく絶体絶命に見えた私を助けるために飛び出してくれたのだ。

その善性は褒められこそすれど、死に追いやられるようなものではない筈だ。

慌てて犯人の男を押さえようと手を伸ばしかけたところで、先ほど私の隣にいたくたびれた男が割って入る。

振り下ろされる出刃包丁をするりと受け流し、犯人の腕を摑み上げて、軽々と床へ転がした。

「なっ――――――ぐぉっ⁉」

「――――――さて、あんたがお呼びの警察だ。大人しくお縄につくんだな」

めまぐるしく変わる状況に目を白黒とさせられるが、こうなってしまえばもう一人の説得は難しい。

乗客席の後方にいた中年女性が音もなく立ち上がったのが私の視界の端に入った。

周りの人達は皆、刃物を持った男の身柄に注目しており、そんなことには気が付きもしていない。

床に倒され、関節を極められている犯人が苦しそうにもがくのを尻目に、くたびれたおじさんの背後に近付く女性。

これもまた、私がやるしかないのだろう。

「おばさん、やめといた方が良いですよ」

「……あら、何のこと？　警察の方の手助けをしようと近付いただけよ」

「そういうのは、手に持った刃物をしっかりと隠してから言うんですね」

私の言葉が終わる前に、おばさんは抱えていた鞄から果物ナイフを抜き取って、私目掛けて振り被る。

「っ……駄目だ！　その子は傷付けるな！」

押さえ込まれている仲間の叫びさえ、鬼気迫る表情のおばさんは意に介さない。

強迫観念に囚われすぎて、周りに耳を貸す余裕さえないのだろう。

そして、当然そんなことは分かっていた。

「熊用スプレー、強力ですよ」

女性が刃物を抜き出す直前に、私も懐から武器を抜き出していた。

熊用の撃退スプレー。

間違っても人に向けるものではない。

「――ああああああっ‼」

まともに顔面に噴射を浴びた女性が、悲鳴を上げる。

やたらめったらと手に持った果物ナイフを振り回し、ボロボロと涙や鼻水を垂れ流す女性はまともに周りが見えていない。

周りにいた乗客達は慌てて狂乱状態の女性から距離を取るが、私はその間にしっかりとバスの窓を開けておく。

直接かからなくたって、対獣（けもの）用の薬剤なんてものは周りにも被害はあるのだから換気は大切だ。

「っ……運転手の方っ！　道端に寄って停車を頼む！　直（す）ぐに警察が乗り込んでくるはずだ！」

「は、はいっ‼」

走り続けていたバスがようやく停まる。

次いで、扉が開き、乗り込んでくる警察官達に犯人達が確保され、とりあえず死者が出ずに事件が解決したことに安堵する。

人質になっていた乗客達が喜ぶ中で、私に向けられるくたびれたおじさんの視線は気が付かないふりをした。

「本当にっ、本当にありがとうございました……！」

「いえそんな……思わず体が動いてしまっただけで、感謝されるようなことはしていませんよ」

どの口が言っているのだろう。

思わず、どころか、損得勘定をしっかりした上での行動だったのに、我ながら白々しい。

バスから降ろされ、人質だった私達が解放され、すぐに赤ん坊を抱えた母親がお礼を言いに来た。

一人ひとり怪我(けが)はないかという確認と念のために病院へ送られる説明を受けた直後で、まだ命の危機にあったという恐怖が抜けていないだろうに、ずいぶんと義理堅いことだ。

だがきっと、善人というのはこういう人のことを言うのだろう。

善人と関わるのは肩がこるが、腹黒い奴や根っからの悪人と関わるよりはずっと良い。

すやすやと寝息を立てている赤ん坊を軽く撫でて、じゃあまた病院でなんて言って母親達の元を離れる。

学校は……どうやら今日はもう行けないらしい。

警察や病院でいろいろなことに時間を食うと説明されてしまったのだから、もうそっちは諦めることにした。

今は入学式を終えたばかりの春真っ盛りだ。

友達作りの大切な時期に一日休みを取るなんて、高校デビューを目指す私からしたらかなり手痛いロスである。

明日の学校が憂鬱だなぁ、なんて思いながら、手持ち無沙汰にぶらぶらする。

警察の人達が忙しなく犯人達を連行するのや、バスの中の検証をしているのを眺めていれば、そんな中から先ほどのくたびれたおじさんが私を見つけて近づいてくる。

「少女、無事で何よりだ。犯人に腕を摑まれた時はひやひやしたぞ」

「ああ、すいません。ご心配をお掛けしたようで」

「もう少し冷静な子だと思ったんだがな。まさか自分の危険も顧みず飛び出すなんて思いもしなかった」

少し窘めるような口調で言ったおじさんの言葉に、すいませんと返しておく。

危険はなかった、なんて言っても信じてもらえないだろうし信じさせるつもりもない。

根拠を聞かれても答えられないし、別に悪意がある言葉でもないのだ、ここは甘んじて忠告を受けておく。

「怪我はないな？　精神的に大きなショックは受けていないようだが、こういうのは後々に響いてくるものだ。信頼できる、親や友人にしっかりと苦悩を吐き出しておけよ。

あとは……君が言っていた通り、その死んだ目は元々なんだな」

「…………」

本当に失礼なおじさんだ。

三年以内に前髪がスカスカになってしまえ。

「ところで、あー、その。君に、聞きたいことがあって、だな……」

「はい」

目が泳いでいる。

動悸(どうき)が少しだけ激しくなり、心臓が鼓動する回数が通常時よりも多くなった。

何か聞きにくいことを聞くときの反応だ。

私は体をおじさんへと向けて、聞く態勢を取る。

「その、君の行動は少し、褒められたものではないが……結果的に見れば常に最善を導き出していた。俺が動こうとした時に君が止めてくれなければ、後ろから襲い掛かってきた共犯者にやられていたかもしれない。君が赤ん坊をあやしに行かなければ、犯人は母親ごと赤ん坊を殺害していたかもしれない。君の行動は危険ではあったが、確かに誰かを救う行為ではあった……」

「はい、そのつもりで動きました」

「率直に聞く、君は何か特別な力を持っていないか？　例えばそう、透視をする力とか、そういうものを」

「…………本気で言ってますか？」

私が返した冷たい言葉を、おじさんは噛み締める様に瞑目した。

荒唐無稽なことを言っている自覚はあったようだ。

「……すまない。怖い思いをしたばかりの被害者にこんなことを聞くべきじゃなかったな。聞かなかったことにしてくれ」

「おじさんには助けられましたから、今のは忘れることにします」

悪いな、なんて苦しそうに笑ったおじさんが、そっと私の元から離れて警察の人達と話しに行く。

事件の後に、おかしな話を被害者に聞かせるなんて警察官としては失格なのかもしれないが、正直私に不快感はない。

むしろ――――私は勘の鋭いくたびれたおじさんに心底感心していた。

よくそんなことに思い当たったものだと、私の心の中でのおじさんの評価をさらに上げる。

《ようやく手がかりを……きっかけを掴んだかもしれないと思ったんだがな……》

おじさんがそんなことを考えながらフェンスに手を掛け、空を見上げている。

彼を動かす執念の原点、揺るがぬ行動原理が先ほどの質問に密接に関わっていたのだと、私は読み取った。

あの若いはずのおじさんがくたびれたような雰囲気を纏う理由。

現代の警察では絶対に解明することができない事件を、このおじさんが追っていることを知る。

長年ずっと、繫(つな)がらない点と点を探し続けているのだということを覗(のぞ)き見(み)た。

《このまま俺はどれだけ時間を無為に浪費するんだろうな……いつまで俺は》

警察の人に車の準備ができたと呼ばれ、くるりとおじさんに背を向けて歩き出した。

首を突っ込まなくていい面倒ごとに自ら首を突っ込むような精神性を、していないのだ。

たとえ先ほどのおじさんの発言が的を射ていたとしても、観念して自白するほど、潔(いさぎよ)くなんてない。

なんたって私は――真性の屑(くず)だからだ。

誰かのために自分の身に危険を呼び込むことはしない。

見知らぬ誰かのために自分の秘密を打ち明けようなんて思わない。

私は、一般的な平凡な家庭に生まれ、兄妹(きょうだい)に挟まれてすくすくと成長し、誇れるのは進学校に通っていることだけの人間。

人に誇れるような特技はなくて。

人に誇れない特技に、ちょっぴり人の心に干渉できる、なんてものがある。

何処(どこ)にでもいる、性格の悪い女子高生だ。

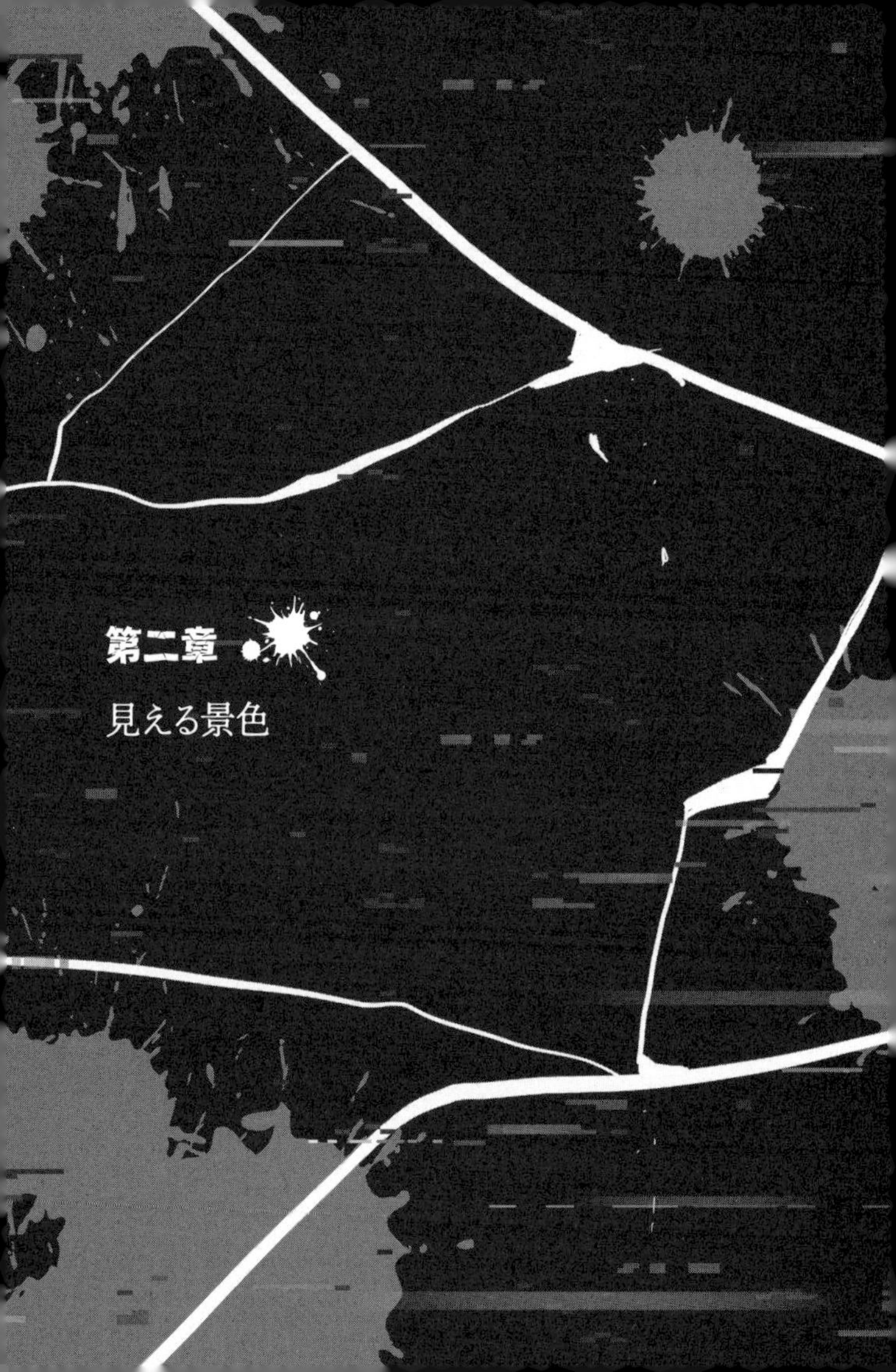

第二章

見える景色

さて、家族を含め誰にも打ち明けたことのない私の特技であるが、私は「人の精神に干渉する」ということができる。

今でこそ応用を利かせることで色々と大きなことができたりするが、基本的に私の力の原点は「人の心を読む」ことであり、その派生として他人の精神・思考状態を盗み見て干渉することができるという強力とは言い難い力である。

とはいえ私がこの世に産まれ落ちた時から備わっていたこの力。

初めは「人の感情を読む」だけの力だったのを「干渉する」までに磨き上げられたのは、この力が良くも悪くも物理的に干渉できず、同時に誰にも気付かれない力であったからこそだ。

どうやっても切り離せるようなものではなく、同時にどうやっても私を裏切らないこの力が、両親を含めた周りの人達、誰もが持たない特別なものだと私は物心がついてすぐに気が付いた。

両親が他の大人と話している時、口に出していることと、「視えた」内面が違う。

内面ではどれだけ口汚く相手を罵っている人も、実際に口に出す言葉は全く違う、視える内面とは似ても似つかない取り繕った中身のない言葉ばかり。

張りぼての言葉で紡いだ関係をわが身のように大切にして、その関係自体が自分自身が積み重ねた虚実であると理解しようともしない。

人とはこれほど薄っぺらいのだと、子供ながらに幼児燐香は呆れかえった。

そして、そんな乖離（かいり）した現実を眺め続けた私は大人に対し一種の見切りをつけると同時に、自分の持つ力がいかに驚異的なものなのかを理解した。

人知をはるかに超えた力。

記憶力があるだとか、運動ができるだとか、手先が器用だとかで他人と比べている程度の者達とは違う。

――生まれ持って埋めようのない圧倒的な才能を、自分が持っているのだと確信した。


幼いながら、私は誰にも力のことは言わなかった。

両親や見知らぬ大人の心を読めば、心を読まれるというのは相手にとって恐怖でしかないとすぐに分かったし、自分の力を明かしてしまえば折角のアドバンテージが失われてしまう可能性があることが理解できたからだ。

だから表面上は、無難に、平凡に、穏便（おんびん）に。他の誰にも知られることがないように。

「心を読む力」、〝異能〟を疑われないように使い、様々な分野で私の利となるように動いて結果を残してきた。

思考に頼るボードゲーム、家や学校での人間関係、人に言えないようなことで困っている人を助けることも、幸せの絶頂にいる人を陥（おとしい）れることも、良いことも悪いこともやってきた。

留まることを知らない私の、暴走にも似た異能の悪用は中学生になっても続き、盲目的に私を信用する者で身の回りを固め、誰にも何も悟らせないまま、どんどんと私の異能による侵食の手を広げていったのだ。

……あの時の私は、自分自身の全能感に酔いしれていた。

今だからこそ言えるが、あの時期の私はいわゆる中二病、暗黒期真っ盛りであったのだ。

自分がいかにアホなことをしているのかに気が付き、取り返しがつかなくなる前に止めることができたが、一歩間違えれば本当に取り返しがつかなくなってしまう可能性もあった。

当時の私は本当に馬鹿だったのだ。

しかし、だからこそ、今の私はなんてことのない日常が何よりだと思うようになれたし、自分の持つ力に対する理解を深め、現象に変換する前の異能の出力というものの扱い方を上達させ、必要以上に異能を使うことをしないよう徹底するようになった。

誰かを陥れるような悪意に満ちた異能の使用から、自分の身を守るための異能の使用へと、切り替えた。

私が本当に欲しいものは、見ず知らずの誰かからの賞賛でもないし、有り余るほどの金銭でもないし、国や地球上の全てでもないのだと、自分の身の程を知ることができたからだ。

結局、私はあくまで過ぎた力を持っただけの一般人で、人を陰から支配する器ではなかったのだ。

将来はせいぜい、ひいひいと誰かの手足となって働くくらいがお似合いの人間。

そのことが知れただけでも、私にとっては得るものがあった。

その頃を今思い出すと顔から火が出るほど恥ずかしい暗黒時代ではあるが、良い薬でもあったのだろう。

そうやって自分の方向性を理解したのが、中学二年生の頃。

それからはそれまでの暴れっぷりが鳴りを潜め、大人しく、平凡に学業に専念してきた。

そして、高校一年生。

自分のことを知る人がいない場所で、いわゆる高校デビューを果たそうとした私には、どうやらその頃の報いが返ってきているらしい。

「…………はぁ……」

昼の休み時間、誰とも会話しないまま机の上で自作の弁当を広げた私はため息を吐く。

この休み時間人と話さなかった、なんて生ぬるいものではなく、今日一日誰とも会話をしなかったのだ。

友達もいない、話し相手もいない、知り合いなんていない場所に自分から進んで来た弊害。

――――つまり、逆高校デビューの開幕である。

(あの、バスジャックさえなかったら……)

まだ四月の初旬で入学から数日と経っていないものの、周囲はもうそれぞれ仲の良い人とつるむ形でグループを組んでいる。

これは入学式からほんの一日、二日程度の間で決まる友達作りという名の、グループ分けによって整然と配分された結果であり、その中の大切な一日をあのバスジャック事件で浪費した私には大きなハンデが存在した訳である。

まあ? 私にはすごい才能があるから別にこの程度のハンデどうってことないです、なんて最初は思っていた。

けれど、蓋を開けてみればこのざま。

いくら人の心が分かったところで、できないことはいくらでも存在するのだと思い知らされる結果となった。

(でも、そのうちグループからあぶれる人が絶対に出るから。その人と仲良くなれれば……)

焦る必要はない。

そのうち意見の対立や価値観の違い、若しくはくだらない嫉妬や喧嘩からあぶれる人は必ず出る。

そういった人を私が拾い、クラスの端でこぢんまりと生活するだけで十分だ。

あぶれた人もボッチにならないのだから、ウィンウィンの関係というやつだろう。

チラリとクラスにできたグループを見回して、この教室内の状況を確認。

そしてその中から目当ての一人を目に留めた。

チャラチャラした派手目な女子達の中にいて、少し居心地が悪そうにしている眼鏡の女子。

彼女は現在、私が友達になりたい人ナンバーワンの舘林春さんだ。

気弱な感じであり、真面目そうな性格もグッド。

地味さはあるが、所作から品の良さを感じる。

私が男なら是非ともお付き合いしたい女子なのだが、どうやら現段階では異性人気は全くないようで。逆に彼女の周りにいる化粧などで見栄えを良くした派手目女子達が人気らしい。

舘林さんをグループに引き込んだのはそういう引き立て役が欲しかったからという目論見だったようだが、あの様子だと無事成功しているようで何よりだ。

舘林さんはそんな馬鹿達からの呪縛を逃れて、早く私の友達になってほしい。

そんな風に念を送ってみるが、舘林さんは私の想いには気が付かないようで寒気を感じたように身震いしている。

……別に異能は全く使っていない、小動物染みた危機察知能力が働いたというなら傷付くがそんな筈はないので考えないことにする。

（あと、ちょっとだけ気になるのが私とは別ベクトルでボッチになっている人だけど……）

そんなことを考えていた私の隣の席で、座っていた女の子がガタリと大きな音を立てながら立ち上がった。

驚きで肩を跳ねさせた私をつまらなそうにチラリと一瞥して、教室から出ていくその背の高い女の子。

私は名前を覚えていないが、輝くような金髪をした不良系女子であり、丁度今私が考えていたクラスで友人を作れていないもう一人の人物である。

気だるげに下がった目元の優しそうな顔立ちとは正反対に、刺々しい風貌と態度で周囲に話し掛けるなオーラを出し続ける孤高の一匹狼。

友達になりたいとも、なれるとも思えない。

派手な見た目も、周りの迷惑を考えなさそうな行動も、私にとっては全てが好ましくない。

別に具体的に何かされたという訳ではないのだが……なんだか、ああいう人種はどちらかと言うと日陰を好む気質の私みたいなのにとって全く受け付けないタイプなのだ。

触らぬ神に祟りなし、なんて。

そこまで言う程の相手ではないだろうが、そのことわざに込められたであろう教訓を考えれば、今の私の状況にガッチリ当て嵌まる。

目に見えて相性が悪いと分かる相手と無理に接する必要など、特段何の制約もない私には存在しないだろう。

そんな風に考えて、嵐のように去っていく彼女の背中を声を掛けることもなく見送っていた私だったが、自分の携帯電話に【ピロンッ】と通知が届いたことに気が付いた。

内容は世間を騒がせている誘拐事件についての速報。

【新たな被害者は氷室区に住む五歳の男児、いまだ犯人に繫がる証拠は発見できず】

「……うわぁ、ついにこの近くに来ちゃったんだ……」

『連続児童誘拐事件』、それは今世間を騒がせている犯罪事件であり、過去に類を見ないほど被害者の多い誘拐事件である。

被害者は大体五歳から十歳までの子供。

最初に起きた誘拐事件から半年、累計被害件数二十三件という連続事件であり、にもかかわらず警察は現在も犯人に関する足取りを全く摑めていない状態。

そして、警察や被害者家族に対して金銭等を要求することなく、現在まで続いているこの事件は何時しか警察の信頼失墜と国民規模で不安が生まれるまでの大事件に至っていた。

証拠もない、目的も、手段も分からない。

数分前に子供と帰宅した母親が料理をしようと台所に立ち、隣の部屋にいた子供の物音がしなくなったと気が付いて、家中を探すが結局見つからず通報したのが事件の始まり。

当初は通報した母親の犯行だと見られていたが、その判断を嘲笑うように別の家庭でも全く同じ事件が発生したことで状況が変わった。

その後、同一犯による誘拐事件として警視庁が大掛かりな捜査に乗り出すものの、事件解決どころかその後の事件発生も抑えることが叶わないまま現在に至っている。

世間は警察の怠慢や捜査能力不足だと言っているが、それが真実であったら話は簡単だったろう。

この誘拐事件の余波でこの前のようなバスジャックが起きるなら、私としても迷惑なので、できることなら警察にはしっかりとカタを付けてほしいと思う。

……かなり難しいだろうが。

クラスのグループに所属している人達も誘拐事件には注目しているようで、速報が入ってからはなんだか騒がしくなってきている。

待つ、とは決めたが、友達を作る努力を怠るつもりもない。

この話題を武器に何とか会話の輪に入って明るい学生生活を摑み取ってみせると気合を入れて、私は席を立った。

◆◆◆

「わ、分からない……最近の女子高生の思考が分からない……。可愛いとは……？　きも可愛いってなに……？　それ、不細工なだけなんじゃ……」

今日も友達作りに無事敗北した。

話題に加わろうと突撃したまでは良かったのだが、武器にしようとした話題が全く通用せずちょっと変な子を見るような目を向けられた上、彼女達の話の中心にあったマスコットキャラクターの良さが私には一ミリも理解できなかった。

強くおすすめしてくる彼女達の目とぶよぶよした体形のキャラクターの相乗効果で、もはやホラー体験をしている気分だった。

逃げ出した私は絶対に悪くないと思いたいが、早めに友達を作り高校生活を楽しみたいと思っている私がこんな調子では先が思いやられる気もしてしまう。

ま、まあ、結果として敗戦兵だが、自分の感性を守ったと考えればそれもきっと価値があるものだろう。

トボトボと帰路に就いた私は内心でそんな言い訳をしながら、家の前で周囲に張り巡らせていた自動読心の力を解除する。

それから家の門扉を開き、通りがかったやけにこちらに視線を向けてくる小太りのおじさんに会釈をして家へ入った。

日暮れの時間帯ではあるものの、まだ私以外誰も帰っていなかった。

いつも通り夕食の準備と軽い家事を一通り終わらせて、私は自分の部屋に戻る。

パソコンを開き、アルバイト用アカウントのＳＮＳにいくつか通知が来ていることを確認して、ここまで来てようやくやろうと思っていた誘拐事件についての詳細を調べ始めた。

面白いもので、ここまで世間を騒がせているといろんな人が関わろうとするのか、現場周辺の写真を見つけるのは難しくなく、簡単にいくつか役に立ちそうな情報を仕入れることができる。

今回の事件が起きているのはすべて東京都だ。

つまり、誘拐犯が東京を拠点にしているのはほぼ確定、警察もその方針で動いているのは知っている。

事件の発生場所、発生時刻、その時刻前後で話題になったものに根も葉もない噂話。次々に流れてくる情報の山を頭の中で処理しつつ、先日巻き込まれたバスジャックとの関連を紐付けていけば、あの中年夫婦がバスジャックに至った経緯も見えて来る。

（バスジャック犯は子供を誘拐された親。何らかの方法で犯人からの接触があってバスジャックを指示されたんだろうけど……）

この事件に対して私は二つほど確信していることがあった。

一つ目は、この犯罪の背後にはかなりの大きな組織が潜んでいること。

個人でやる分には誘拐なんて一度すればいいし、人身売買を行っているならそれこそ個人では手が足りなくなる。

だから、大きな組織が今回の誘拐事件を計画しているのはまず間違いない。

そしてもう一つ、これは恐らく――――私の同類、つまり異能を持つ者が関わる事件であること。

別に世間を騒がせる色んな犯罪事件を解決するような趣味はないし、あのバスジャック犯に対して適当に言った言葉の責任を感じている訳でもないが、単純に被害者の親を使って犯罪を起こさせる誘拐事件の黒幕には怒りがある。

それが私と同じ、到底警察に逮捕されないと分かっている力の持ち主であるならなおさらだった。

「お姉、少しいい？」

ノックもなしに部屋に入ってきたのは、最近は一緒に寝るのも嫌がる絶賛反抗期真っ盛りの私の妹、佐取桐佳（さとりきりか）だ。

私が父親似で、家族で唯一死んだ目をしているのに対して、妹は母親似、生き生きとしていて気が強そうな目をしている……らしい。

甚（はなは）だ不服ではあるが、お父さんに言われるのだからきっとそうなのだろう。

「あのさ、前に誘拐事件とかで物騒だってお姉が言ってたじゃん？　私達の住んでる氷室区でもつい最近誘拐事件があったみたいだし、私も危ないかなって思い始めててさ。私もできるだけ外出は控えるつもりなんだけど、日曜のお姉のアルバイトもやめといた方が良いと思うんだ。この前のバスジャックに巻き込まれたのもあったし、できるだけ家から出ないようにしようよ」

「それはそうだけど……」

「バスジャックの時だってお姉危なかったんでしょ⁉　私にはあんまり外出するななんて言っておいて、自分だけそういうのはおかしいよ！」

「むう……」

反抗的な意味合いだけではない、私を心配するような様子の妹に言葉が詰まる。

確かに妹が言っていることは正論で、正さなければならないのは私の方だ。

反抗期とはいえ、家族の身の安全に不安を覚えている妹のお願いをないがしろにするのは違う気がする。

自分は異能があるからどうにでもなると考えていたが、私の力を知らない妹やお父さんにとっては不安しかない筈だ。

「そう、だね。桐佳の言う通りかな。私もできるだけ外出は控えるようにするよ」

「‼」

ぱぁっ、と笑顔を浮かべた妹を見て諦める。

私の異能を使えば危険というのはほぼあり得ないことではあるが、家族の誰にもこの力のことは話していない。

だから、それなりの行動を心掛けないと家族には心配を掛けるし、いらない負担まで与えることになってしまう。

それは私の望むところではないのだ。

「お父さんにも言ってさ、なんなら学校休むのもありじゃないかな！　今犯罪が多発してるし、怖いもんね！」

「調子に乗らない。桐佳、今年受験生なんだから勉強しなきゃでしょ」

「はあ？　また母親みたいなこと言ってさ！　勉強はしっかりとやってますー、お姉の高校くらい余裕で入れるんだから！」

「別に私が行ってる高校をわざわざ選ばなくても良いんだよ？　もっとやりたいこと目指せる場所なんていくらでもあるだろうし」

「こ、ここらへんで一番頭いいところがお姉のところなの！　変な勘違いしないでよね!!」

勘違いなどしない、妹は私のことを一種の目安にしているのだ。

どの程度までやればいいのか、どの程度まで達成すればいいのかの目安を図る上で、兄や姉といった存在は指針となりやすい。

特別やりたいことが見つかっていないなら、特にそれは顕著となる。

だから間違っても、妹が私を大好きすぎて一緒の学校に行きたいということではないのだ。

「あ、あとね。お姉には物騒だからって外出しないようにお願いしたんだけど前から友達と約束してた映画館には行かせてほしいなって思っててね。あれは結構前から予定してたし、転校してきたばかりの子と仲良くなって初めての遊びに出掛ける約束だから破りたくなくて……」

「むむ……」

「お願いっ！　なんならお姉もついてきて良いから！　お姉の目の届くようにしてれば心配いらないでしょ⁉」

「わ、私もついていっていいの？　……そんなに行きたいんだ……」

期待するような桐佳の目に気圧(けお)される。

勉強にも気分転換は必要だろう、そんなに楽しみにしていた予定を潰(つぶ)せば効率だって悪くなるというもの。

こんなにトゲトゲした対応をしている姉に対してついてきて良いと言うくらいだ。無理に外出しないようになんて言えば、どうなるか分からない。

「分かった、でも桐佳が自分で言った通り、危ないからあんまり遅くなっちゃ駄目だよ」

「……あれ？　お姉はついてこないの？」

「お友達と遊びに行くのについてくる姉がいたら邪魔なだけでしょう？　桐佳ももう中学三年生なんだから、自分で言ったことを守るだろうっていう信頼はしてるから」

「………そう、そうだよね……」

何故(なぜ)だかちょっと不満そうに口を尖(とが)らせる桐佳を私は満足げに見る。

きっと理解のあるお姉ちゃんの大人過ぎる対応に少し反抗心が芽生えたのだろう。

そろそろ夜の九時を回る。妹に自分の部屋へと戻るよう促そう。

そう思った時、ふと、一階のリビングあたりから響く足音に気が付いた。

「――――」

「あれ、お父さん帰ってきたのかな？　玄関が開いた音聞こえなかった気がするんだけど」

妹もリビングから聞こえた足音に気が付いたのか、いつものようにお父さんを迎えようと扉に手を掛けた。

だが、桐佳が扉を開ける前に、私は妹の手首を掴み廊下に出ようとするのを止める。

動揺する妹と目も合わせず、私は扉の先から響く足音の方へと目を向け続けた。

「お姉ちゃん……？」

私は普段、絶対に家族に向けて異能を使わない。

それは私自身が自分に課した制約で、越えてはならない一線を越えないための境界線だからだ。

だから、本当は妹やお父さんが私に対してどう思っているのか分からないし、知らないままでいいと思っている。

それはきっと、家族内で関係が拗れても、変えることはないと思う程に強固な決意でもある。

彼女達との関係は、そんなものを挟んで成しえるものであってほしくないという私の強いわがままだ。

けれど……けれどだ。

大切な家族に迫る危機があれば、その限りではない。

安全を取るのが最優先であり、私は優先順位をはき違えることはない。

少しでも家族に危険が及ぶ疑いがあるなら、父親の可能性がある足音の主の心を読むことに戸惑いなんてなかった。

「桐佳、この部屋から絶対に出ないで」

「お、姉ちゃん？　なんでそんなに怖い顔をしてるの……？」

足音よりも、私の顔に怯えたのか妹は顔を青くして私を見る。

けれどそれに配慮する時間もなく、私達の声が聞こえたのか、リビングのあたりをうろついていた足音は徐々にこちらに近付いてきた。

「うん、お父さん。もう少しで帰ってくるから、大丈夫だからね」

その足音は、絶対に父親のものではない。

足音の主は音の大きさから言って、恐らく七十～八十キロほどの人物。痩躯の父とは似ても似つかない。

それがあののほほんとした父親ではありえないほどの悪意を持って、今この家の一階を歩き回っている。

そして、悪意と凶暴性に満ちた感情が向かうのは、この家に住んでいると知っている私達姉妹二人に向けたもの。

バスジャックの時の、どうしようもない理由がある者ではない。

世間の混乱に乗じて自身の狂気の発露を行おうとする最低な人間。

それが今、私達へと向かってきている。

「な、なんで……じゃあ、この足音は」

ダンダン、と階段を一つずつ上ってくる音に、顔を引き攣らせた桐佳の頭を撫でる。

「いい、絶対に部屋から出ちゃダメだからね」

「お、お姉ちゃん、待っ」

それを最後に恐怖に縮こまっていた妹をベッドに放り、扉から出る。

そして、扉が開かないように背中を預け、階段を上ってきた肥満体型の見知らぬ男性を――いいや、先ほど家に入る時にいた小太りの男性を見やる。

手に持つ刃物も、欲望に染まり切った眼差しも、口周りの汚い無精ひげや不潔な髪も、後ろに妹がいると思えば怖くはなかった。

「こんばんは、見知らぬ人。良い夜ですね」

自分が思っていたよりも、ずっと冷たい声が出た。

自分のそんな声を聴いて私はようやく理解する。

「────ああでも、貴方にとってはきっと、最悪な夜になりますよ」

私は思っているよりもずっと、この侵入者に対して怒りを感じているのだと。

そう言って私はせめてと笑みを浮かべた。

第三章

顛末、末路、もしくは過程

東京都氷室区にある氷室警察署。

公序良俗に反する犯罪者を取り締まり、秩序を守る警察官が勤務するこの場所は今、日本一注目を集めている警察署だ。

署員がおよそ四百人を誇る警察署であり、普段であれば人手が足りないということはない場所ではあるのだが、とある事件によって今は署員のほとんどが駆けずり回っている状況であった。

「――――いいか、最後に誘拐事件が起きたのはここ氷室区だ。これまでの犯行を考えれば、おそらく次の犯行も氷室区となる。未然防止、犯人確保を絶対に行うぞ。各自、警戒箇所を徹底しろ！」

刑事課が慌ただしく駆け巡り、雑務として庶務課の人間まで駆り出されている状況の中で、交通課に所属する署員達はそれを横目に自分達の仕事に取り組んでいた。

声を張り上げ興奮したように指示している上司とは違って、あくせく働いている下っ端達の顔には疲れが滲んでいる。

ここ最近異動してきた刑事課の課長はどうも熱血漢が過ぎるというのが、交通課に所属する署員の意見だった。

あれでは捕まえられるものも捕まえられなくなるだろう。

「いやー、飛鳥ちゃんは幸運だねぇ。見てみなよ刑事課の連中の忙しないこと、新人やベテランの区別なく駆り出されてるよ。飛鳥ちゃんも刑事課に入れられてたら、今頃は休む間もなく働いてたんじゃないかな？」

「えー、じゃあ良かったですぅ☆　わたし、先輩がいるここの交通課に入れて安心しましたぁ！」

「まあまあ、刑事課とは違って、俺がしっかりと手取り足取り教えちゃうからさ！　そこんとこは心配しないでよ！」

「キャー先輩カッコいいですー」

慌ただしい足音をＢＧＭにしながら、交通課に所属する軽薄そうな男と頭に何も入っていなさそうな女の新人が声量も気にせず会話している。

腹立たし気に刑事課の人達が横目に睨んでくるのもなんのその。

優雅にお茶に口を付けながら、カチャカチャとパソコンにゆっくりと文字を打ち込んでいる。

「でもぉ、やっぱり凄いですねぇ『連続児童誘拐事件』。どこもニュースはそればっかり取り上げてますし、わたし昨日の帰り道に取材させてくださいってどこかの新聞社の人が話しかけてきましたもん」

「あははは、まあ、それは刑事課の人達に解決してもらうとして、俺達は俺達の仕事をしっかりやらないとだからね。あっちの手助けなんてしてる余裕ないし。新聞社の人は、きっと飛鳥ちゃんが可愛いからナンパのために話しかけたんじゃないかな？」

「やだー、もう先輩。褒めるのが上手いんだからー」

ケラケラと軽い感じで話している二人の意見は間違っても交通課全ての総意ではない。だが、それを注意するだけの義理を刑事課に感じていないのも確かであり、叱りつけようなどという姿勢を見せる者は一人もいなかった。

「それでぇ、次の書類の作り方教えていただいて良いですかぁ？」

「んー？　ああ、いや飛鳥ちゃん。今日はもう十分だよ、今日教えたことだけちゃんと覚えてくれれば、あとはゆっくり覚える余裕があるし。なにより飛鳥ちゃんはポンポンと覚えてっちゃうから、これ以上優秀なところを周りに見せちゃうと刑事課に引っ張られちゃうかもしれないよ」

「……そうですかぁ、じゃあ仕方ないですね☆　教えていただいたことの復習をしておきたいと思います！　あ、お茶淹れてきますね、熱いの大丈夫ですかぁ？」

「ありがとー、流石飛鳥ちゃんは気が利くなぁ！」

素直に喜ぶ軽薄そうな男にあざとい笑顔を向けて、頭の軽そうな女はお茶を淹れに行った。

新人への指導を任せられた軽薄男は当初こそ初の新人指導に不安を覚えていたが、想像よりもずっと優秀だった新人にいつしか不安は微塵も残っていなかった。

これなら上司からの覚えもいいだろう、もしかしたら自分の評価も上がるかもしれないと、一人ご機嫌だった男は隣の席に目を向ける。

そこには、隣で煩い二人がいたのをまるで気にせず、黙々と自分の作業をこなしている実年齢よりもずっと老けて見える男性警察官がいた。

神楽坂上矢、先日のバスジャック事件に遭遇し、無事に犯人確保を行った警察官だ。

「神楽坂さんさー、この間のバスジャック事件の時お手柄だったじゃないですか？　あれで給料上がったりとか、休みを特別に貰えるとかないんですか？」

「別にないな。と言うより、あんなもの手柄のうちに入らないだろう。本当はバスジャックをされる前に犯人を確保するべきだったんだからな」

「うわあぉ、流石元エリート様は言うことが違いますね。でも、忠告じゃないですけど、ここは刑事課じゃないんだからあんまり派手に動くのは止めた方が良いですよ。そういう態度、刑事課連中は愉快じゃないでしょうから」

「は、あんな只の手足としてしか動けない連中に目を付けられたところで何にも怖くなんてない。むしろあんな連中とは慣れ合いたくない」

「まあ、俺も後半は賛成ですけど」

神楽坂は自身のやらなければならない案件をできる限り早く終わらせ、余った時間を使い、過去の児童誘拐事件についての資料を見比べていた。

大掛かりな事件は刑事課に任せておけばいいと思っている男にとっては、神楽坂のそんな行動は見習いたくもない。

「まあいいっすよ。神楽坂さんがウチに変な仕事を持ち込まない限りは、俺に負担がかかる訳じゃないっすから」

「お前は事件を解決して出世しようという気はないのか？」

「神楽坂さんだって出世したいわけじゃないでしょうに。俺も出世したいわけじゃなくて、そこそこの仕事をして、その金で私生活を充実させたいだけなんですよ。公務員になったのも安定してるからってだけですしー？」

「正直なのは良いことばかりじゃないぞ、そういうのは心の中だけにしとけ」

「公安で出世街道にいたのに荒唐無稽な主張をして、こっちに飛ばされた人の言葉とは思えませんね。ええと、なんでしたっけ――――科学では証明できない超常的な力を持った人間がいる、でしたっけ」

「…………」

心底馬鹿にしたように吐き捨てた男に、神楽坂は眉一つ動かさず資料に落としていた視線を上げ、自身を見下ろす男を見据えた。

くたびれた様な雰囲気で、燃え尽きた煤の様な神楽坂の表情に一瞬だけ言葉に詰まった男は、資料を指さす。

「そりゃあ今世間で騒がれてる連続誘拐事件だって、何か超常的なもののせいにできれば楽ですよね。自分達には理解できないことを全部超常現象のせいにして、解決できないと匙を投げて。良いですか、警察官としての誇りを持ってない俺だってわかります、科学的な根拠に基づいた法をもとに職務を執行する我々が、科学を否定してしまったら何も解決なんてできない。俺達がやるべきなのはあくまでその時々の時世に沿う科学的な根拠に基づいた違法性の捜査であって、オカルトのような根拠も何もないようなものの存在証明なんかじゃない。神楽坂さんがやってるようなのは全く意味のない――」

間違いではない。

態度にこそ問題はあれ、神楽坂に対する男の意見は一般論だと神楽坂も理解している。

けれど、早口に言い立てる男性職員を遮るようにして、神楽坂ははっきりと口にする。

「ああ、それでも……科学では証明できない力が、この世には確かに存在するんだ。存在するんだよ」

「……馬鹿馬鹿しい……」

神楽坂が疲れたように言ったその言葉に気圧（けお）されて、その男、藤堂（とうどう）はそんなことしか言えなくなった。

「はーい☆　先輩方お茶が入りましたよー☆」

冷え切っていた空気の部署に能天気な声が響く。

空気も読まずに入ってきた新人警察官の飛鳥は、それぞれの人達の机の上にお茶を載せていく。

「ほらほらー、藤堂先輩も座って座ってー☆」

「あ、ああ、飛鳥ちゃん。ありがとねー、じゃあ、俺も俺の仕事に移るから、さっき言った通りのことをやっておいてね」

「はーい、分かりましたぁ！」

交通課

毒気を抜かれた藤堂を見送るように、ひらひらと手を振る飛鳥に神楽坂は胡乱気な目を向ける。

入りたての新人だが、どうにも一つひとつの行動に意味があり、単なる空っぽ頭のようには見えないのだ。

（そういえば、警察学校の教官連中が揃って優秀とは言っていたな）

「神楽坂せんぱーいー、わたしに見とれちゃいましたぁ？　まーわたしってめちゃ美人だし仕方ないですけど、あんまり不躾に女性を見てるとセクハラになりますよ☆」

「ああ、悪い」

少なくとも空気を読み、あえて周囲の状況に合わせない度胸もある奴なのだろうと、神楽坂は自分の中での飛鳥の評価を一つ上げる。

言われた通り、視線を彼女から集めた資料へと戻して、自分の考察をまとめていたメモにまた筆を入れる作業に戻る。

事件発生場所、日時、それらから算出される拠点と取引場所。

それらを自分なりにまとめ、少しでも事件を解決に導くためにといくつか考え付いたものを書き記して。

まだ隣にいる飛鳥が興味津々というように神楽坂の手元を覗き込んでいることに気が付いた。

「なんだ？　お前もやることがあるだろ、さっさと自分のデスクに行け」

「神楽坂せんぱーい、先輩は今回の誘拐事件も超常的な力が関わってると思うんですかぁ?」

「だからなんだ、言っておくが散々いろんな奴からあり得ないと言われている。お前に言われるまでもなく、多くの奴が否定的な意見を持ってるのは分かってる。だが──」

これまで何度も言われてきた言葉だと、めんどくさそうに切り捨てようとした神楽坂の言葉に重ねる様に飛鳥は口にする。

「だけど、確信してるんですよね? 神楽坂先輩は〝異能〟の存在を」

「……お前……?」

耳元に口を寄せて、囁(ささや)くように言った飛鳥の言葉に神楽坂は目を見開く。

彼女の声には確信が含まれているように感じたからだ。

弾(はじ)かれた様に振り向いた神楽坂の額に手作り感のある青色のお手玉が押し付けられた。

お手玉越しに見える彼女の顔はいたずらに成功した子供のようににやにやとしている。

「なーんて、わたしはＵＦＯとか、ネッシーとか信じないんですけどね。まあ、可愛いとは思いますけど☆」

「………テメェ……おちょくりやがったな?」

「神楽坂先輩がこんなに可愛い後輩に構ってくれないからですよ☆ このお手玉わたしのお手製なんです。非日常が好きな先輩のために今度ネッシーのぬいぐるみ作ってきてあげますね☆」

わざわざ家庭的な部分をアピールしてから自分の机へと帰っていった飛鳥に、また個性の強そうなやつが入ってきたもんだと神楽坂は頭痛を覚える。

あんな飄々(ひょうひょう)とした態度なのに、この部署の男どもは揃って飛鳥に甘々なのだ。

少し風にでも当たってこようかと、神楽坂は煙草(たばこ)に手を伸ばした。

（……そういえば、バスジャックの時の死んだ目をした女子学生。あの子は事件に巻き込まれたのに随分落ち着いてたな。ああいう子が警察官になってくれれば、きっと文句なしに優秀になるんだろうが……頭もよさそうだったし、どこか大手企業にでも就職するだろうな……）

以前顔を合わせた少女のことを思い出し、小休憩を挟もうと席を立った時、タイミング悪く署内が少し慌ただしくなる。

「緊急通報がありました。この警察署の近くの家に住む少女からの通報です。ただ……家に凶器を持った男が乗り込んできたとの通報なのですが、少女は酷く落ち着いていて。もしかすると狂言通報かもしれません」

「チッ、ただでさえ誘拐事件の対応で忙しいってのに。今、手が空いてるやつはいるかー？　誰でもいいから現場に行って確認してきてくれー。おーい誰かいないかー？」

「…………はあ」

手にしていた煙草をデスクの上に放り投げ、神楽坂は上衣を羽織りつつ駆けだした。

「ね、ねえお姉ちゃん……？　もう私部屋から出ていいよね？」

「……まだ部屋から出ちゃダメ、かな」

「さっきまでしてた変な音はなんなのっ⁉　何が起きてるの？　やっぱり帰ってきたのお父さんじゃなかったんだよね⁉」

「なんでもないよ、もう少し待っててね」

扉越しに不安そうに声を掛けてくる妹に適当な返事をして、背中で扉を開けられないよう押さえつける。

パキリと指を鳴らして、視界の正面で立ち尽くしている男の様子を窺った。

肩で息をしながら凄まじい形相で辺りを見回している男は目が血走り、震える手で大振りのサバイバルナイフを握り込んでいる。

彼は今なお私を探しているようだが、正面に立つ私を気にする様子を見せることはない。

壁や家具を凶器で裂かれ傷だらけにされてしまったが、何とか妹がいる部屋までは辿り着かせなかった。

時間は掛かった、だがもうこの男は私の手のひらの上だ。

張り巡らせた蜘蛛の糸に巻き取られるように、彼の感覚のほとんどは拘束し終えた。

正常に周りを把握することはできないし、私や妹の部屋を見付けることもできはしない。

私が〝精神干渉〟と呼んでいるこの異能は、時間を掛ければこんなことも可能なのだ。

「通報も終えたし、無力化もできた。言い訳は……薬物でもやってたで良いですよね？」

「……ッ!!　……アッ⁉」

妹を不安にさせないように、相手の声も封じたのだがどうも完璧ではない。

普段、こんな使い方をしないから、こうしていざという時に上手くできないのだろう。

気にするべき点は多々あるが、動きを封じられただけで十分か。

この状態まで持っていければあとはどんな風にでも私の思うように弄くり回せる。

私は今なお暴れ、何とか私達姉妹を見つけようとしている犯人をゴミでも見るように眺める。

(家の中も傷だらけになっちゃった……。コイツ、どう代償を払わせてやろうか)

私の力はあくまで精神に作用するもので、直接危害を加えられるような力ではない。

だから怒りに任せてぶん殴れない代わりに、証拠を残さず相手をぐちゃぐちゃにすることが可能なのだ。

何に対しても恐怖を感じるようにしてやるべきか、はたまた、あらゆることに楽しみを感じないようにしてやるべきか。

そんな風に悩みつつ、手のひらを藻掻く男へと向けて精神に干渉を始める。

まずは、他人を快楽のために傷付けようとすると恐怖を感じるように。

次に、普段から感じていた快感を何に対しても一切感じないように。

次に、ごく一般的な善人としての行動を行うよう刷り込み。

最後に、行動原理の核に自分自身の身を粉にしていままで迷惑をかけてきた家族に対し奉仕するというものを付け加える。

――――そんな風に順序立てて少しずつ、目の前の危険人物の価値観を根本から作り替えていく。

そうすれば、ほら、先ほどまで足掻いていた男が嘘のように静かになり、その場で呆然と立ちすくんだ。

(これでコイツも私の操り人形)

もう男に自由意志などない。

私が規定した通りの善人として、この世の中で生きるしか道はない。

文字通り、死ぬまで。

「お、お姉、パトカーが……」

この家へと向かってくる複数の人間を感知する。

通報なんて初めてだったが、幸い家が警察署の近くにあるからか、数分と掛からずに駆け付けてくれたようだ。

「佐取さんー？　入りますよー？」

「………………」

玄関から聞こえてきた警察官の声にも男は一切反応しない。

ガチャガチャとドアを開けて、複数人の足音が家に響きだした。

妹の動揺する声を聞きながら、上ってくるだろう階段に視線をやる。

「………………」

生気が抜け落ちた顔で玄関の方向を気にする犯人はピクピクと体を痙攣させている。

「逃げなくては」と思うのに、「贖罪をしなければ」と思う。

「目的を果たさなくては」と思うのに、「目的が酷く悪いことのように」思えて行動に移せない。

そんな風に、この男は自分の感情に板挟みになって動けない。

結局何の行動もこの男は起こせないのだ。

そんな状況で、つい先日も見た顔が階段を駆け上がり私の視界に飛び込んできた。

「なっ、なんだこれは……？」

「あ、すいませんおじさん先日ぶりです。彼が刃物を持って暴れているんですが、どうも言動がおかしくて」

「君は……⁉　災難ばかりだな、全くっ」

バスジャックの時も出くわした、老け顔の警察官だ。

警察官のおじさんは異様な現状に目を白黒とさせていたものの、すぐに口をパクパクと大きく開閉させ、硬直している犯人に摑み掛かった。

あっと言う間に刃物を取り上げ押さえ込み、即座に手錠を掛ける。

バタバタと他の警察官が加勢して、全身を押さえ付けられた犯人は碌な抵抗もできていない。

「――――通報のあった被疑者を確保した！　抵抗はあるが激しい暴れはないっ、連行の準備をっ！」

背中に扉を押す力を感じてそっと体をどければ、顔を青くした妹が様子を窺っている。

多数の警察官に目を丸くして、押さえ付けられている男を見て表情を引き攣らせる。

大丈夫だよ、なんて声を掛けてみたが、目尻に浮かべた妹の涙を止めることはできない。

勢いよく私に抱き着いてぐすぐすと洟をすすり始めた妹の頭を撫でながら、押さえつけられている犯人の方向へ視線をやる。

険しい顔をしたおじさんと目が合った。

先日のバスジャックの時とは比にならない疑念を抱いた、おじさんの視線が私を捉えていた。

第四章

それぞれが向かう方向

警察官が私の家へと踏み入り、錯乱していた男の身柄を取り押さえてから、私と妹の桐佳は警察署で別々に話を聞かれていた。

状況確認等の簡単なものだなんて説明をされたが、いまだに顔色悪く恐怖から立ち直れていない桐佳にはあまり多くを聞かないでほしいと伝え、大部分は私が説明することとしていた。

妹の心理状態を気遣ったのもあるが、私にとってはそっちの方が都合がいいからだ。

「なるほど、じゃあ佐取さんは妹さんと部屋にいたとき男が家に押し入ってきて、薬か何かをやっていた男の意味不明な行動を見ていただけで怪我等はしなかったと」

「ええはい。そうなんです、信じられないかもしれませんがそれ以上に言えることがなくて」

勿論、私の異能に関することは省いて、あの男がおかしかったのはあくまで最初からだと一貫する。

おどおどと、できるだけ動揺している様子が相手に伝わるように演技しながら。

対面に座るおじさんの視線が痛いのを気にしないようにしつつ、同じ部屋にいる婦警さんが涙ぐみながら私に同情の念を抱いているのを確認しほっとする。

暴漢に襲われた後の少女の様な演技だが、正直そこまでうまくやれている自信はない。

それでもこんなに簡単に私の証言を信じるのは、やはり家に不審者が入ってきた被害者の少女、というフィルターが強いのだろう。

「ふむ、男と君の間に面識等はないと捉えていいんだな？」

「はい、まったくありません。妹と二人で部屋にいたときに足音が聞こえて、お父さんではないなと、様子見に行ったらあの人が……」

「怖かったよねぇ、もう大丈夫だよ、ここには貴女を傷付ける人はいないからね……もう良いんじゃないですか神楽坂さん、これ以上未成年の被害者に色々聞いて負担を掛けるのはどうかと思いますよ」

「……それもそうだな。済まない、そろそろ終わりにするか。悪いが妹さんを呼びに行ってもらっていいか？」

「はい、今は温かい飲み物を飲んでもらっているから食堂にでもいると思います。ちょっと行ってきますね」

よほど同情を誘えたのか、婦警さんはおじさんに聞き取りの早期終了を進言し、別室にいる桐佳を呼びに部屋から出て行った。

深い追及もなく、覚悟していたおじさんからの疑いの目も予想よりもずっと軽い。

何とかやり過ごせたかと一息ついたところで、おじさんは思い出したように呟いた。

「バスジャックの時も思ったが、本当に常に目が死んでるんだな」

「……死んでませんが？」

危なかった。

もう少しで言葉の暴力を受けたと勘違いして、おじさんに異能で私の目がきらきらして見えるよう洗脳するところだった。

　変なことを突然言わないでほしい。

「それに、前の時は事情聴取に当たらなかったから分からなかったが、君は高校生なんだな……もう少し下だと思っていたよ」

「花の高校生ですが？　何処見てるんですか？　まさか私の身長じゃないですよね？」

「あ、違う。すまん。ほら、顔が少し童顔気味だからな。精神的にはかなり大人びていたし、どれだけの年齢か見当がつかなかったと言うか……」

　なめとんのか。

　ギリギリと歯ぎしりをする私に、おじさんは慌ててフォローを入れるが今更遅い。

　確かに私は世間一般で言う低身長に該当する。

　けれどまだ高校生、十分成長の余地はあるのだ。

　中学二年生の時に成長が止まってしまったからといって、これ以上成長しないということは絶対にないのだ。

　しかも人の身体的な特徴をあげつらうなんて最低だ、このおじさんにはあとで絶対報復する。

　私は大人だから異能は使わないけれど、さっき妹を呼びに行った婦警さんにおじさんにえっちな目で見られたとでも言っておいてやる。

　私の機嫌が猛烈な勢いで悪くなり始めているのに気が付いたらしいおじさんが、慌てて姿勢を正す。

「待て待てすまん。変なことを言ったな、うん」

「は？　別に怒ってませんが？」

「完全に怒ってるじゃないか……あー、そ、そういえば妹さんはある程度落ち着いたみたいだぞ。向こうは君の要望通りそんなに深くは事情を聞かず休ませているし、ご家族の方にも連絡は済ませている。もう少しでお父さんが警察署に着くそうだから安心してくれ」

「……それは、良かったです。色々と本当にありがとうございました」

正気に戻る。

おじさんは失礼な人だが、確かに私達の危機にいの一番に飛び込んできてくれたのだ。それに、私のお願いに応えて妹への聴取も控えてくれている。

感謝するべき要素は一杯ある、だから今はそちらを優先するべきなのだろう。

「いや、君達は被害者で怖い思いを一杯しただろう。配慮するのは警察としてではなく大人として当然のことだ。こうして気丈に協力してくれている君に感謝されるほどのことなんてしていない」

「む、むむ……」

「話を聞いた限り、君が妹を守るために尽力したのはよく分かった。君の行動を軽率だと、部屋にこもって助けを待つべきだったと俺の立場なら本当は言うべきかもしれないが、まあ、それは大人びている君なら自分でもよく分かっているだろう。こうして色々話を聞いてきたが、俺が君に言うのは一つだ……」

おじさんが穏やかに微笑(ほほえ)んで、私を見ながら口を開く。

「君が無事で良かった、それだけだな」

「お、おじさん……」

目のことや年齢で勝手に怒っていた私との器の違いをまざまざと見せつけられた気がする。

「おじさんじゃないんだが……」とボヤいているが、そんなことよりも私は先ほどまでのおじさんに向けていた自分自身の恨みを恥じる。

「……おじさんは良い人ですね」

「あの、おじさんじゃないんだが。まだ二十九歳なんだが」

「おじさん。おじさんじゃないんだが。おじさんが今本当にやりたいのはこんな姉妹が襲われたなんていう事件じゃなくて、もっと違うことの筈(はず)なのに……」

「何を言うかと思えばそんなことか……事件に大小はない。そこにいるのは加害者と被害者だ。俺は被害者を救いたくて警察官になった、解決する事件を選ぶなんてことは絶対にしない。それだけだ」

「――――それは、それはとても……尊い考え方だと思います」

この人は善人だ。

間違いなく、私がこれまで会ってきた中で誰よりも、正しいことをしようとする人なのだろう。

意志も強く、強靭な精神を持ち、屈強な肉体を保っている。

非常に優秀な警察官。

様々な事件を解決しうる要素を兼ね備えた、丁度いい人材。

少しだけ、迷う。

今回の事件のように、周囲の犯罪が多発してそれが解決されていなければ、多くの犯罪に紛れて欲望を発露しようとする不届き者が出てくることも否めない。

目下目障りなのは世間を騒がせる『連続児童誘拐事件』。

あれをこれ以上放置することは私に不利益しかもたらさないと、今回の件で思い知った。

だから私にとっても、穏便かつ迅速に、この事件を終わらせる必要が出てきている訳だ。

このおじさんという信頼できる警察官の協力を得られれば、私としては非常に動きやすくなるのは間違いないのだろう。

……いや、信用するにはまだ早い。

このおじさんがどれくらいの能力を持っているのかまだ未知数だし、〝読心〟で得た情報をおじさんに伝えるにはまだ深層の人間性が判明していない。

「……さて、ここからは少し、あり得ない様な話をするんだが……何の心当たりもなければ、馬鹿な男の妄想だと聞き流してほしい」

「はい」

来た。

流石に近くで二回も異能を使えば、超常現象を疑うのは目に見えていた。

「この世に科学では証明できない力があるとして、だな。それを公にするのは本人にとって色々と不都合があると思うんだ。きっとこれまでそれで収益を得ていた者もいるだろうし、人間関係を保っていた者もいるだろう。俺はそれを一概に責めるつもりは微塵もないと……そう、言い切ることは恐らくできないが、一定以上の理解をするつもりではある」

「…………」

「俺は他の人に言わないでくれと言われれば誰にも言わない。これ以上深入りしないでくれと言われれば首を突っ込むつもりもない。警察官として失格だと言われても、俺はその一線は絶対に超えることはないと誓う。……俺は、科学では証明できない力で罪を犯して誰かを傷付けている奴だけは、誰かの命を奪ってノウノウと生活を送っている犯罪者が、どうしても許すことができないんだ。もし、もし何かしらそういった事情に心当たりがある誰かがいるなら、どうかお願いだ」

協力してほしい。

警戒していた私の考えに反して、彼が言ったのはそれだけだった。

頭を下げたおじさんに対して、私は何も言わない。

肯定も否定もしなかった。

捉えられ方によってはめんどくさいことになるかも、なんてことが頭を過ったが何も言わない。

協力しないと決めていても、何となく、善意しか向けていないこの人に嘘だけは吐きたくなかったから。

「――――と、独り言はここまでだ、すまんな。妙なことをぶつぶつと」

「……いえ」

私はぼんやりと、顔を上げて優しい笑みを浮かべるおじさんを眺めながら、首を振った。

本当にこの世の中は、ままならないものだと思う。

『連続児童誘拐事件』が今世間を騒がせているが、同じように世間を騒がせて結局未解決となった事件は結構存在する。
『北陸新幹線爆破事件』『針山旅館集団殺人事件』『薬師寺銀行強盗事件』など、ぱっと

思い付くだけでも多くの未解決事件があり、今なお捜査が続いているものもある。

昨今警察の信用は地に落ちた。

メディアや新聞、はたまたネットの至る所で小馬鹿にされている理由はそんなところにあるのだ。

解決できない事件が増えた、というよりも、警察の手が及ばない事件が情報社会となった弊害で明るみに出始めたのかもしれない。

一部の、それこそテレビに出てくる犯罪評論家といった内情を知る者はこの国の警察を評価しているようだが、そんなものでは今のこの警察に対する逆風は収まらない。

当然だろう、解決されないということは、怒りの矛先を向ける相手が見付からない被害者が存在するのだ。

その人達の怒りの矛先は自ずと、事件を解決させられない警察へと向くことになる。

そして、警察憎しの風潮がある今の世間の中では、少しでも警察に不快感を覚えれば、それを声高に発信する者が現れる。

「ほんっと警察使えないっ！　なんなのアイツら、こんな長い時間私達を拘束してさ、結果何もしないで終わりとか何考えてるの⁉　そんなことする前にちゃんと危ない奴捕まえてよ！　刃物を持った奴が家に侵入してくるとか、一歩間違えればお姉がっ……私が死んでたじゃん‼」

私の隣で騒いでいる妹も警察に不信感を持っている側だ。

いや、不信感というよりも周りがそうだからそうなのだろうと信じ込んでしまう子だ。妹は世間の空気に流されやすく単純、悪く言うとバカ。

警察署でこそ縮こまっていたが、いざお父さんが迎えに来て帰れるとなるとこうして元気に文句を言い始めた。

典型的な他人に厳しいダメな子だ。

気の弱いお父さんが、まあまあと妹をなだめるものの大して効果は見られない。

それどころか妹がキツい眼差しを向けるものだから、反抗期の娘に嫌われたくないお父さんは直ぐさま腰が引けてしまう。

「お父さんは分かってるの⁉　私達女の子しかいない家に変態が侵入したんだよ⁉　普通なら被害が出てておかしくないし、しっかりと犯罪を防止できてなかった警察は責められるべきでしょ⁉　取り返しの付かないことになってたんだよ⁉」

「それは、そうだけどさ。ほら、結果的に乗り込んで助けてくれた訳だから、そんな責めるようなもの言いしなくても……」

「お父さんは何でもかんでも甘すぎるのっ‼　私達がどうなっても良かったって言うの⁉」

さらに上の怒りのボルテージがあるのか。

顔を真っ赤にする妹の攻勢に、困ったような顔をしたお父さんの助けを求める視線を受け取った。

「ほら桐佳、お父さんが困ってるでしょ。私達が運良く助かったのを喜びはしても、今誰かの責任だって責めるのは良くないよ。やるんだったらせめて、家に防犯用のものを増やそうとかそういう対策の話をしよう？」

「お姉って本当に合理的なことしか言わないねっ‼　もうっ、その話はいいっ！」

私の言葉にグルリと勢いよく振り返った妹は気炎を上げながら、詰め寄ってくる。

「それよりお姉っ、私を部屋から出ないように言って自分は犯人と向かい合ってたってどういうこと⁉　それで私を守っていたつもりなのっ⁉」

「あー……守るというか、行動を制限させていたっていうか。あの人の行動、要領を得なくて訳分からなかったから、目標を定めさせてた方がやりやすくて」

「嘘ばっか‼　お姉のそういう所ほんとに大っ嫌い‼」

大嫌いとか普通にショックなので止めてほしい。

プリプリと怒っている妹の様子に心底困ってしまった私とお父さんが思わずお互いの顔を見合わせる。

父親の顔を見れば、眉が下がり、口角も下がり、どうしていいか分からないと言わんばかりの表情がある。

私はお父さんに似ているとよく言われるが、今のこの表情もそっくりなのだろうか。

「ぶふっ……⁉」

私達の表情を見て噴き出した妹はヒクヒクと口の端を震わせながらそっぽを向いて、

先頭を歩いて行ってしまった。

……恐らく今のは、私とお父さんの表情が全く一緒のものになっていたのを見て噴き出したのだろう。

自覚はないが、私と父親は同じような表情をよくするらしい。

小さい頃、それでよく妹は笑っていたから間違いない。

少しだけ機嫌が直ったような妹の背中を眺めながら、お父さんは小さな声で話し掛けてくる。

「……ともかく、お前達が無事で本当に良かったよ」

「心配掛けてごめんねお父さん。お仕事途中で抜け出してきたんでしょう？」

「なーに、娘達に何かあったと聞いたら仕事に手が付かなくなるから、結局いても意味がないさ。早くお前達の無事な顔も見たかったしな」

「……うん、ありがとう」

嘘だ。

お父さんは切り替えができる人だ、無事と連絡を受けていればわざわざ確認なんてしなくても大丈夫なはずだ。

わざわざ来てくれたのは、きっと、私達の為でしかない。

「最近物騒だからな、桐佳じゃないけど警察はあまり信用できないし、防犯用品を揃えておかないといけないかもだな」

「あ、そういえば熊用スプレー使っちゃったんだ。お父さん、私熊用スプレー欲しい」

「……年頃の娘に熊用スプレーをねだられるのって、何か違う気がするんだけど……」

あれは意外と高価なのだ、ねだれる時にねだっておきたい。

あれの強力さは証明された訳だし、なんて思う。

これからきっと必要になる。

ここ最近多発している事件は突発的で、動機なんてあってないようなもので、大きな悪意が後ろにあって、それでいてきっと科学では証明できない。

だから、きっとこれは警察やお父さん、桐佳では何の対応もできないから。

「――お父さん、もしかしたら、これからもっと危ない世の中になっていくかもしれないけどさ」

前を駆けながらチラチラと私達の様子を窺う妹の後ろ姿を眺め、私はお父さんに話し掛ける。

もしかするとこの先、さらに危険が身近に迫ってくる可能性がある。

犯罪事件がそこらで発生している今、本当に安全な場所なんてどこにもないし、きっとこれから危険な目にあうことにもなるかもしれない。

だから、これだけは言っておかなければならないと思う。

「私達はずっとこのまま、何気ない毎日を過ごそうね」

――その為に、不穏分子は私が全て潰そう。

言葉にしない決意は私の胸の内にしまい込んで。

優しく頷く（うなずく）お父さんと、結局足を止めて私達を待つ妹を追いかけて、そっと私は二人の手を取った。

オカルト板part121

368 **名無しの探究者**
>>280 の親戚が神隠しにあったとか言う話はどう考えても今の児童誘拐事件に倣って書いてるだけの創作確定
もうちょい設定をしっかりとしとけば騙される奴も居たろうに

369 **名無しの探究者**
写真に写った顔のない巨大な人型が神隠しを起こすとか、都市伝説をサンドイッチすれば良いってもんじゃねえぞ
まあでも楽しめたわw

370 **名無しの探究者**
いやでも、普通にこの話が実際にあった児童誘拐事件のことかもしれないし

371 **名無しの探究者**
>>370
お前このスレは初めてか？
顔のない巨人の都市伝説しっかりと調べてからそういうことは言えや
同じ理由で巨人の話をするのはNGな、次の話題に行こうぜ

372 **名無しの探究者**
>>370
過去スレ読めってまじで
>>371
じゃあ、まだ全然解決できそうにない児童誘拐事件の話をまたするか？

373 **名無しの探究者**
その話題もな、また不謹慎だって騒ぎ出す連中がいるだろ
フキンシンダゾ！ってね

374 **名無しの探究者**
実際、解決できてないってことは被害者がいる訳で
でも、オカルトを語るだけの板だからセーフだろ
警察さんはいつも通りグダグダやってるし、解決はまだまだ先になるだろうし、事件のオカルトな部分でもまたほじくり返してみるか

375 **名無しの探究者**
事件概要…十月頃発生した、東京都葛鹿区の誘拐事件が端緒
証拠が見つからなかったことから通報した母親を重要参考人とする
動機、目的、手段も不明
母親は確かに子供を連れて家に帰るのを周辺住民に目撃されており、そこから通報までは十分も経過していないことからアリバイ成立、捜査は停滞状態となる
十二月初旬、東京都隅田区で第二の誘拐事件が発生
同様の手口、同様の犯人と思われるが、警察は見当も付けられず捜査は難航
なお、最初の事件被害者とは何のかかわりもない家族であった
十二月中旬、東京都葛鹿区で第三の誘拐事件発生

で、四月初旬、まあ、今日だな
東京都氷室区で第二十三の誘拐事件が発生した
状況はほとんど変わりなく、直前まで被害者である子供を目撃した大人がいる状況で誘拐が発生した
これはオカルト（確信）

376 **名無しの探究者**
>>375
有能
警察に就職してきていいぞ

377 **名無しの探究者**
>>375
有能ニキ
さて、オカルト認定したい所だけどなぁ……
警察が無能なだけの可能性も否定できないからなぁ……

378 **名無しの探究者**
>>375
おつおつ
>>376
今の警察とか絶対に地獄じゃんw
取り合えず最初の誘拐事件を例に実行方法のオカルト加減を追究しようか
実行場所 - 被害者自宅
状況 - 母親と二人でいた、鍵が掛かっており密室の状態
第一発見者 - 母親、料理を作っていた母親が物音がしなくなったことに気が付いて捜索を開始、その後一切の痕跡が見つからず通報
以降、子供の消息は一切不明

379 **名無しの探究者**
>>378
母親は子供の遊ぶ音が聞こえる範囲にいたのに、犯人の物音に一切気が付かなかったとかあるの?

犯人は母親

380 **名無しの探究者**
>>379
だから、何度もニュースになってるけどその後続いている事件も全く同じ手口なんだって

381 **名無しの探究者**
やっぱりこの事件は何度聞いてもワクワクするよな
密室犯罪を繰り返し成功させる犯人の手口が全く見えてこないのがヤバすぎ

382 **名無しの探究者**
>>381
お前のような事を言う奴がいるから喧しいのが湧くんだよカス

383 **名無しの探究者**
せめて淡々とどんなオカルトが関わるのかを話すだけならそこまで言われないだろうにな

384 **名無しの探究者**
しかし標的になっているのが子供だけなのはやっぱり何かしらの意図がありそうだよな
オカルト的な話でも子供を狙う怪異っていうのは結構あるし

385 **名無しの探究者**
誘拐事件に関わるオカルトでメジャーなのは神隠しじゃね?

386 **名無しの探究者**
神隠しねぇ……そういう神様とか妖怪とかって結構いるし、そこらへんが関わってるのかね
有名どころといえば天狗とか、海外で言うならブギーマン

387 **名無しの探究者**
やめろやめろ、被害者の親がそれで悪徳新興宗教に狙われたの忘れたか
マジでこの事件はナイーブなんだから

388 **名無しの探究者**
オカルト板なのにオカルトの話できないって、そもそもの土台が崩壊してる件

389 **名無しの探究者**
まあ実際、これだけ多くの子供を攫って、それを個人で保管できるような奴がこの国にどれだけいるのかって話だよな
消去法で犯人限られてくるだろ
つまり犯人は国

390 **名無しの探究者**
俺被害にあった家族に知り合いがいるんだけど
マジで何の物音もなく、ほんの数秒で密室だった自宅から子供が消えたらしいぞ

391 **名無しの探究者**
>>390
マ？
それならマジで予想すらできないんだけど
本当にオカルト系のものが関わってるか瞬間移動でも出来る奴がいなきゃなりたたないような犯罪だろ、もう

392 **名無しの探究者**
>>390
誘拐事件の被害者に知り合いがいるとか、全く羨ましくなくて笑えない……

ちなみになにか、世間に公表されてないことで手がかりになりそうなことって言ってなかったか？

393 **名無しの探究者**
>>387
とは言ってもな、ほとんど被害者の家族は気を病んで、今は子供の幻覚までみるようになってて、どれくらい信憑性があるか……
あ、いや、そういえば、一番最初に変なこと言ってたな

394 **名無しの探究者**
なに？

395 **名無しの探究者**
もったいぶるな、良いから早く言え

396 **名無しの探究者**
いや、マジでどうでもいいようなことなんだけど
そこの家族、結構きれい好きで、普段は家の匂いとかほとんど無臭なんだけどよ
その事件の後はその家の中、やけに甘い匂いがしてたんだと

第五章

悪性の定義

誘拐事件を解決するための調査をしていくことを決めたものの、学生の身でやれることは限られている。

学業は疎かにできないし、夜更かしだって限度がある。

例えばどこぞの超人高校生探偵だって、日常生活を送りながら本物の探偵のように二十四時間の張り込みなんてできないだろう。

結局、何が言いたいかというと、肉体的かつ物理的に不可能な調査にならざるを得ない以上、異能を使った効率的な方法が必要になってくるということだ。

私の異能の出力、つまり私は自分を中心として半径五百メートルの範囲であれば読心程度なら軽くできる。

それだけでなく、乱雑に他人の心を抉ることを許容さえすれば範囲内に入った人の心の奥深くに隠した感情さえ読み取れもするが、流石にこれは除外したい。

無理に人の精神をこじ開けると、その後に影響を及ぼしかねないからだ。

色々と異能や行動に条件や制約を付けて自分のやれることを考えていく。

そうやって考えてみると、常時出力を最大にして日常生活を送り、できる限り周辺を散策するようにするのが現状のベストという結論に落ち着いた。

せいぜい範囲内に入った人が軽く考えていることを読む程度に抑え、不埒な思考をしていて事件に関係のありそうな人物をピックアップし、あとはその相手を叩く。

そうすれば私の予想通り、多くの人が関わっているこの誘拐事件の情報なんて簡単にたどり着けるだろう。

そう結論付けてから数日経過したばかりの学校帰り。

まだまだ続いていた学校でのボッチ生活に、本格的に心を折られ始めていた私が感知したのは、『誘拐の実行』という不穏(ふおん)なワードを考えた者達の集まりだった。

今日はまだ異能での探知を始めて半日、想像以上に早く見つかった事件解決の取っ掛かりに、私は浮き立つ気持ちを抑えきれず感知している対象がいる建物へと足を向けた。

どうせボロい建物で集まるごろつきだろうと想像していたものの、たどり着いた場所は最近建てられたばかりの最新式の高階層ビル。

入り口には警備の人も立っており、関係者以外立ち入り禁止の看板もしっかりと置かれている。

見るからに財源が豊富であり、人材だって掃(は)いて捨てるほどいそうなその場所に直接乗り込むのは正直怖い。

（できないことは、ないんだろうけど……）

私の力はあくまで精神、意識といったものに作用する力でしかない。

基本的に物理法則を捻(ね)じ曲(ま)げられるようなものではないし、都合の良い探知性能を持った異能でもない。

つまり、目の前の人間がどんな異能を持っているのか即座に見抜ける訳でもないし、もしも同類(異能持ち)と相対しても相手の異能が詳細に分かる訳ではないのだ。

いや、他の異能持ちと直接顔を合わせる形で相対したことはないから、憶測混じりではあるが恐らくこれは間違いないと思う。

そして私の異能も便利なもので、他人の意識外に自分の存在を持っていって認識させなくするなんて荒業をすれば、目の前の建物にこっそり侵入するのはさほど難しくはなかったりする。

どんな場所でも入り込めるなんていう万能な手段ではないが、他人から認識されない透明人間状態になって、厳重な警備態勢も掻い潜ることができるという技術を私は持っている。

だがもしも、それを無効化できる手段があの建物内に存在したらどうなるか。

他人から認識されなくなる異能の荒業だってあくまで意識外に自分を置くだけだから、一度見破られれば相手が私から意識を逸らさない限り再び意識外に置くことは難しい。

再行使にはどうやったって時間が掛かってしまうというデメリット。

そのデメリットを考えた時、何の支援も、別の手札もない段階で、危険を冒してまで敵の本拠地に侵入するプロ意識を私は持ち合わせていない。

もちろん考えすぎと言われればそうかもしれないが、現状の誘拐事件を考えればそれも仕方ないと思う。

なぜならこの事件にはまず間違いなく自分の同類が関わっている。

私はそう確信しているからだ。

（それも、私と同じように他人に認識されずに移動が可能な面倒な異能を持った奴）

――甘い匂い。

ネットサーフィンをして、情報を集めていた時に見かけたそんな情報。

有力な手掛かりになりえるその情報は、やはり異能を知らない人からすると大した情報と思わなかったのだろう。

その話題が出たネットの掲示板ではすぐに興味を失ったように話題にも出されなくなっていた。

しかし私にとってその情報はかなり大きく、この誘拐事件へ関わる異能持ちへの理解を深めることができた。

匂いが関わり、移動が可能、そしてその移動は他人に違和感を抱かせない。

そうやって集まった情報が私の頭の中で少しずつ『連続児童誘拐事件』の裏に潜む異能という才能を持つ犯人の姿を炙り出してきていた。

さらに私の持つ異能の力によって、支部ではあるだろうが犯罪者達の拠点を突き止めている今の状況。

誘拐事件に残る異能の痕跡から私は情報というアドバンテージを得ていて、相手は私という、常識はずれの存在を認識していないのだから、有利なのは完全に私の方だ。

ここで無理に敵の本拠地に突入するほど切羽詰まっている訳ではないのだから、リスクはできる限り負うべきではないと思う。

ただ、異能を持つ人物の形と背後にいる組織についてはある程度探っておきたいのと、誘拐されている子供達の安全はどうにか早めに確保したい。

外国に連れ出されていたとなると面倒だが、流石にその可能性を考えて国が出入り口である空と海くらい押さえているはずだ。

（誘拐現場と同じ区内にあるこのビルの中で監禁なんてことは流石にしてないと思うけど）

近くの植木の柵に座り、手に持った飲み物を口にしながらぼんやりとビルを眺める。

誰か一人でもあのビルから事情を知る者が出てくればやりやすいんだけれど、なんて思いつつ、そんな幸運がある訳ないだろうと自分に突っ込みを入れた。

情報というのは生命線だ。

特に、白昼堂々とやれないような後ろ暗いことをする奴らならそれはより重いものとなる。

そんな、骨子ともいえる情報を所持した人が一人で出歩くなんて幸運ある訳ない。

そんなにザルな体制なら、組織としては下の下な筈だ。

だからまあ、出直そうかなと腰を上げ掛けた私の視界に、ビルから出てきた一人の男が入ってきた時、口に付けていた飲み物が変なところに入り思わずむせてしまった。

不機嫌そうな顔を隠そうともしないごろつき風の男。

高価な服に身を包んでいるものの、内から溢れる品のなさが身なりと反比例する形で貶めているのが遠目の私でさえ感じとれてしまうような奴。

そんな奴が、グチグチと苛立ち混じりにビルから出てきて、その思考の中に誘拐事件に関する重要そうな情報が入っているのを確認して唖然とする。

まさかこんな財力を持つ組織が、こんな程度の低い奴を重要ポストに置いているのだろうか？

「ひ、樋口様っ！　せめて付き添いをお付けください！　今から人数を確保しますので……！」

「うるせぇ‼　いらねーんだよそんなもん‼　こんな極東の小国で護衛が必要な状況なんてねえ‼」

「で、ですが……」

「あー、クソムカつくぜ……！　なんで俺がこんなことを……‼　しかも大人しく経過を見守れだと……⁉　嘗めやがってっ、俺を誰だと思ってやがる……‼」

追ってきたスーツの人を足蹴にして、柄悪くビルから出てきた男はぶらぶらと歩いていく。

その目的は特になく、あくまで気晴らし程度の散歩のようだ。

追っていたスーツの人が仕方なさそうに、警備の人にこっそり後を尾けて護衛するように伝えているのを確認して、重要情報を持った奴らが無警戒に出歩くのだと理解した。

口に近付けていた飲み物を下ろし、私もその男の後を追う。

あくまで視界で捉えるのではなく、異能の届く範囲で標的を捕捉して、間違っても追跡していると思わせないように気を付けながら、私は男の後を追いかける。

「……あはっ」

つ、と出力を上げる。

スーツの人から連絡を受けただろう街中に馴染めるような格好でビルから飛び出してきた筋肉質な人達の意識外に、私とあの男を持っていく。

そうすればほら、護衛の人達は護衛対象の男の存在を見失い、男の真横を通り過ぎて慌てて街中へと走っていった。

そのあと私は目的の男へ向けて異能を発動させ仕込みをする。

万が一でも制圧できるよう、異能を男へ張り巡らせる。

これであとは適当な場所で。

勝手にあの男が人目のない場所へ行くのを待てばいい。

情報を引き摺り出せる時を、私はただ待てばいい。

端整な少女が制服姿のまま街中を歩いていた。

髪は金色に染められ制服も着崩し、校則違反が散見される彼女の姿は、燐香が見ればお近づきになりたくない人物筆頭のギャル系少女である。

　薄く化粧を施している顔はかなり整っており、すれ違った人の半数以上が振り返るほどに見目麗しい。

　そんな少女が一人学校帰りに目的もなく街中をふらついている。

（新しい学校の人達、みんなつまらなそうだった）

　下がった目元から感じる優し気な印象とは裏腹に、彼女の思考は酷く冷淡だ。

（学校の勉強もつまらないし、仲良くなりたい人もクラスにいない。こんなことならもっと校則が緩いようなところに行けばよかった。そうすれば見る分には面白い人達もいっぱいいたんだ）

　彼女の頭に過るのは、新しく入学した高校の光景。

　平凡な校風、保身ばかりの教師に、従うことしか知らない生徒達。

　どれも面白みに欠けていて興味すら湧かない、父親が偏差値の高い高校に入学してほしいと言うから今の高校を選んだが、失敗だったという落胆が彼女にはあった。

　今日一日のつまらない時間を慰めるために、こうして街中をふらついているが、どうにも刺激に欠けている。

（……そう言えば、入学早々学校に来なかった子。どんな面白い感じの人かと思ったけど、目が死んでるだけの平凡な娘だったな。友達が作れなくて絶望してたのは面白かったけど……正直期待外れ）

少しだけ注目していた女の子を思い出すが、それも期待外れ感が否めない。

燐香が聞いたら気を病んで寝込むようなことを考えた少女は、手に持った買い物袋を揺らしながら街中を歩く。

適当に買ったおやつをつまみ、次は何をしようかと視線を彷徨わせていたが、突然路地脇から現れた複数人の集団に目を丸くする。

「……なんだろう、あの集団」

君子危うきに近寄らず。

あるいは尊敬する父親が言っているように、おかしな奴とは関わり合いにならない様にと、さっ、と道の端に避けてその集団に道を譲ったものの、少女の意思とは反対にその不審な集団は彼女に声を掛けてくる。

「おい、この近くで背が高くて髪をオールバックにした若い男を見なかったか」

「えっ……全然そんな人は見てないです」

「っち、どこ行ったあの人。まあどうせいつもの場所付近だろ」

そう言って、お礼も言わずに走っていった集団を見送った少女は眉間にしわを寄せる。

妙な集団だった。

やけに筋肉質で荒事に慣れてそうな。

少女は関わり合いになりたくないなぁと思う反面、退屈だらけだった一日の中で訪れた刺激的な誘惑に襲われる。

（……あの集団。きっと何かしらの悪いことに関わりのある奴ら、かも？）

日々の刺激不足でついそんなことを考えてしまった少女、山峰袖子（やまみねそでこ）は警察官僚の父を持つ正義感溢れる少し無口な女子高生だ。

好きなものはおしゃれと仮面ライダー。

幼いころから秩序を守る父親の背中を見てきた彼女は、多少ひねくれているものの、悪を挫（くじ）く正義に盲目的な憧れを抱いていた。

目の前に現れた不審者集団など、彼女が見逃せるはずがない。

それが、日々の刺激不足の中で出会ったものならなおさらだ。

彼女は内心に生まれた魅力的な誘惑を振り切れず、前を走っていく不審な集団の後をこっそりと追いかけ始めた。

こんなギャルギャルしい見た目だが、袖子は幼いころから文武両道を地で行っており、特に運動神経は同年代の中では飛びぬけて優秀であったため、危険だと感じてから逃げることくらいなら容易だろうという根拠のない自信を持っていた。

それに、最近こそ犯罪が増えて世間が慌ただしくなっているが、基本的にこの国は他国と比べて犯罪率も少なく比較的安全が保証されているのだ。

そこまで不安になることもないかと袖子は結論付け、角を曲がっていく不審な集団の後を追う。

（最近はお父さんが誘拐事件に頭を悩ませてるし、もしもこれが解決の糸口になったらお父さん私を褒めてくれるかも……）

そんな風に考えて、危険な空気を感じ取りつつも袖子は心のどこかで楽観視をしてしまった。

きっと、この世に蔓延る悪意というものを彼女は甘く見ていたのだろう。

そんな不審な集団を追って入り込んだのは、夜の店が並ぶ人通りの少ない路地で。

コソコソと、複数の男達を隠れながら追っていた彼女が辿り着いたのは地下へと続く階段が見える一つの建物。

薄暗い場所にあるにもかかわらず中からは多くの人の気配がする。

距離を空けて、警戒するように様子を窺っていた袖子だったが、黒服の人達に両腕を摑まれた焦点の定まらない目をした男が建物の中に連れ込まれる光景を見て、これは流石にまずいと慌てて踵を返した。

人通りの多い通りに出られればと逃げ出したものの、本当に危ない場所を初めて見たせいで焦りすぎた袖子は路地に入ってきた男に気が付かず、そのままぶつかってしまった。

「いつっ！　あ、すいません……」

「あ？　……へぇ」

尻もちをついた袖子が謝罪を口にするが、ぶつかった男は品定めするように袖子の顔を覗き込んだ。

背が高く、金髪をオールバックにした若い男。

柚子が男の失礼な態度に眉をひそめる間もなく、男は自然な動作で彼女の首を掴み、そのまま人通りの少ない路地へと引き摺っていく。

筋肉質で体も大きな男になす術なく引き摺られていく柚子は悲鳴を上げようとするが、声を上げ掛けた瞬間、男は柚子を放り投げた。

そして、大きく振りかぶって倒れ込んだ柚子のわき腹に蹴りを加える。

「ひぐっ……⁉」

平均よりも少し高いであろう身長の柚子の体は壁に叩き付けられ、何とか逃げようともがいた柚子の顔を男は容赦なく蹴りつけ、延々と暴力を振るい続ける。

「は、ははは、そうだよ。こういうのがねえとさぁ、つまんなくて仕方ないんだよ！」

「ひっ……いぃっ、やめっ、やめてくださっ……あ゛あ゛っ……！」

逃げ出すことなんてできやしない。

危険だと思ったときにはもう遅かった。

なおも続く容赦のない暴力で散々痛めつけられた柚子は口から血を流して動かなくなる。

朦朧とする意識の中で、なおも襲い来る激痛に何度も意識が飛びかける。

浅い呼吸へと変わり、悲鳴を上げることも助けを呼ぶこともできない状態へと陥ったのを確認した男はそこでようやく彼女へ向けていた暴力を緩めた。

（な……ん、で……こんな目……に……？）

嗜虐的な笑みのまま、袖子が抵抗しようがしまいが関係なく、何度も何度も暴力を振るった男の姿に絶望する。

もうどうしようもないのか、そう思った時に男の背後から近寄ってくる複数人の影に気が付いて一縷の希望を見出すが、そいつらが男に声を掛けたことで袖子のそんな希望は簡単に打ち砕かれる。

「うるさいと思ってきてみたら、ちょっと樋口さん、なにやってんすかー」

「あ？　……ああ、お前らか」

「片付けるこっちの身にもなってくださいよ。それどうするんすか」

親し気に男へ声を掛けた集団に、もう逃げられもしないのだと理解した袖子がうつろな力ない目から涙を流す。

「適当に始末できんだろうが、顔も悪くねえし商品にもなる。適当にやっときゃ、〝紫龍〟の奴を追いかけるのに夢中な警察はこんな小娘一人の家出程度捜査もできねぇよ」

「ちょ、そいつ樋口さんに何したんすか？　やけにボコボコにするじゃないっすか」

「ぶつかってきやがったんだよ。丁度イライラしてたからな、良い物拾ったわ」

「ははは、ひっでぇ！」

ケラケラとなんでもないことのように笑う男達に恐怖する。

なんであんな奴らを追ってしまったんだと後悔する。

こんなことになって、何が悪かったのだろうと絶望する。

これから自分はどうなるのだろう。

朦朧とした意識でそんなことを考えた柚子が最後に縋ったのは、尊敬する父親だった。

「パパ……助けて……パパ……」

地面を引っ掻くようにして、視えない誰かに手を伸ばした柚子に、男達は笑い声をあげる。

「ははは、なんだコイツ。パパだってよかわいー！」

「どうします？　とりあえず、あそこに連れ込みますか？　あそこなら簡単な処理くらいしてくれるでしょうし」

「ていうかよ、お前ら。そんなダラダラしてていいのか？　連れだって俺を走り抜いていったけどよ。何か用事があったんじゃねえのか？」

「へ？　俺らは樋口さんを追ってたんすよ？」

「はぁ？　お前ら、俺の横を走って通って行ったぞ。俺に用事があった癖に俺を通り過ぎるとか、目が悪くなったんじゃねぇか？」

「ええ⁉　そ、そんな筈は……」

「パパ……痛いよぅ……」

「ちッ、なんだコイツうっせぇな！」

ドッ、と顔を蹴り上げられた柚子が壁に叩き付けられる。

もう言葉も聞き取れないようなことしか呻かなくなった袖子に、興味を失った男は適当に連れて行くように指示を出しながら、証拠を隠滅させるために会社に電話を掛ける。

あとは適当に手駒の〃紫龍〃にでも誘拐事件を起こしてもらえば、この娘が行方不明になったところで捜査の手は及ばないだろうと、そう手配しようとしたところで――――ふと、男は自分達の背後に誰かが立っていることに気が付いた。

「は？　コイツ、いつ入ってきた？」

「え？　誰の事です？」

後ろに立つ奴を指差して示しても、袖子達を運ぼうとしている男達はそこに何も見えないかのように辺りを見回す。

黒い毛布を頭からすっぽりと覆うようにかぶったその長身の人物など、すぐに目が付く筈なのに。

「ふ、ふざけてんな！　すぐそこに」


『――――悪性を晒し、醜悪を撒き散らす』


誰も口を開いていないのに声がする。

頭の中で反響するような声がする。

パチン、という音がして袖子達を運ぼうとしていた男達は一斉にグルリと白目を剝き、その場に崩れ落ちた。

何の抵抗もできないまま、屈強な男達が一瞬のうちに地に沈んだ。

顔も見えない長身のそいつは、いつの間にか目の前に立っている。

至近距離で見上げる形なのだから、隠れた毛布の中が見えるはずなのに、そこにあるのは真っ黒な空洞だけで、まるでそれに貌がないのかと思ってしまう程に歪だった。

「ひっ……!?」

いつの間にか後ずさりした男の背中に冷たい壁の感触。

咄嗟に殴り掛かったものの、当たった毛布に沈み込んだ腕が呑み込まれ、引き抜くこともできなくなった。

『……もはや更生は不可能……で、あれば』

目の前で怯える男の意思など関係なく、真っ黒な空洞は嗤った。

『全部一度壊してしまえばいい。造り直すくらい訳はない』

そうして一人の男の精神はこの日、欠片(かけら)も残らず磨(す)り潰(つぶ)された。

第六章

それぞれの矜持

人の意識外に対象物を落とし込み疑似的な死角を作る、なんて。

話を聞くだけなら、なんて便利な力なんだと思うかもしれないが、敵なしの完全無欠な能力などではない。

例えば、ある対象を気が付かれない状態にしたって、それが大きな音を発生させれば、あくまで誘導程度の私の力では誤魔化しきれず、周りはその存在に気が付いてしまう。

そして、一度気付いたものを再び意識外に持っていくには、その対象への注意をなくさなくてはいけない、という面倒な手順が生まれる訳だ。

今回の件で言うと、標的とした男を追いかけていた護衛の人達の意識外に持っていったわけだが、標的としていた男が通りすがりの人を襲い、音を立ててしまっていた。

だから、私の異能では誤魔化しきれず私の意思に反して死角は解除され、認識されてしまうという事態に陥ったことで、男達の合流を許してしまった。

一人の時に襲撃を掛けるという計画こそ狂ってしまった訳だが、別に異能を持っていない凡人程度何人増えたところで変わりない。

護衛の人達は意識を奪い、標的だった男からは情報をあるだけ引き摺り出した。

あとは悪人をそこらへんに放置しておくと周りに害を与えるため、彼らが周りに迷惑を掛けないように少し弄くり回しておいた。

こういうところでこまめに善行を為しておけば、きっと巡り巡って私に幸運が戻ってくるはずだ。

具体的に言うと、友達が欲しい。

……ま、まあ、それはともかくとして。

標的だった男は思っていたよりも事件に深く関わる人物のようで、予想以上に様々な情報を私にくれることとなった。

例えば、私の予想通り〝紫龍〟と呼ばれる異能持ちを使い誘拐事件を起こしていること。

そしてその誘拐事件を起こしている組織の母体は海外に本部を持つ組織で、連れ去った子供達は実験に使っている。

実験の内容についてこの男は知らないものの、子供達の監禁場所については知っていて、本部からは、誘拐した子供の親に連絡を取り、犯罪を指示して日本国内を可能な限り混乱させろという指令が下っているらしい。

なんだかややこしいが、とりあえず悪い奴らがいっぱいいることと、彼らの仲間には異能持ちが複数いることが分かれば十分だ。

一般人相手ならどうとでもなる私でも、自分の同類とやり合えと言われて絶対に勝てる自信は存在しない。

とりあえず私の国を混乱させているこの事件を解決するために尽力したいとは思うが、こいつらの本部組織とやり合うとかは考えたくない。

せいぜい支部にいる組織の人達全員を洗脳して、この国にいられないよう誘導するしかないだろう。

先のことは大体そんな感じでやっていくとしても、今は直接やり合わなければならない〝紫龍〟とやらについて頭を悩ませる必要がある。

〝紫龍〟、その正体は煙を操る異能を持つ男。

誘拐方法は、薄く引き伸ばした煙の中に紛れ家に入り込み、子供を煙に収納、誘拐するという手口。

指紋も痕跡も何も残さないなんとも警察泣かせな異能だが、実際に対峙するとなるとその脅威は恐ろしいものだろう。

これに精神に干渉するだけの異能を持つ私が勝つには、対峙する前から仕込みをする必要がある。

つまり、奇襲か囮か、どちらかを使う必要が出てくるのだが。

幸いなことにどちらも私には手段があった。

「本当にありがとうございますっ……！　お嬢様が無事だったのは佐取さんのお陰でっ‼　ああ、本当に無事でよかった……！　街中でこんな風に子供を痛めつけるような奴がいるなんて……‼　佐取さんが通りがからなければ一体どうなっていたか……」

「ほ、本当ですよね。もう、物騒な世の中で嫌になっちゃいますね……」

家事手伝いをしているという女性が、ホロホロと涙を流しながら病院のベッドに横たわる少女を見る。

彼女は必死に感謝を伝えてくるが、私は素直に感謝を受け取れないどころか気まずさのあまり目を逸(そ)らしてしまう。

「今、旦那様も病院に向かっているそうなので、ぜひ事情を教えて差し上げてください。一人娘ですからきっと血相を変えて飛んできている途中でしょうし」

「あっ、あっ、す、すいません急いでますので……無事が分かったので私はここで」

あの後、情報を抜き出し終えた私は得た情報の成果に一人ホクホクとしていたのだが、地面から聞こえる少女のうめき声に気が付いた。

服はボロボロで、体のいたるところから出血している一人の少女が倒れていて、しかも怪我(けが)は結構深刻なようで意識もほとんどない。

血塗(ちまみ)れで倒れていたどこか見覚えのある少女を見て動揺した私は、慌てて救急車を呼んで何とか手当しようとその場に留まってしまい、結果こうして保護者が駆け付けてくるまで病院で付き添うことになってしまった。

その後、病院に駆け込んできた保護者代わりというお手伝いさんに倒れていた彼女を見つけた時の状況を簡単に説明すれば、地面に頭をこすりつけるのではないかという勢いで私に感謝を伝えてくる事態となった訳である。

元はと言えば、私がとっととあの男をボコボコにしておけば彼女に怪我はなかった訳だし、今回の結果だって襲われていた彼女を助ける意図を持って奴らを倒した訳でもない。

正直、今回のこの一件は怪我もなく助けられるものだった。

それなのに手放しに感謝されるのは居心地のいいものではない。

お手伝いさんからの感謝の言葉に気まずさを感じた私は、引き留めようとするお手伝いさんから逃げる様に病院を後にした。

「へ、変な汗かいた……。それにしてもあんな簡単に暴行事件を起こすなんて、誘拐事件の裏にある組織は相当アホの可能性が……」

それならそれでこの事件を終わらせに掛かっている私としては楽だが、じゃあなんで警察の方々は尻尾を摑(つか)めないのかという話になってくる。

内通者、協力者、癒着(ゆちゃく)の可能性すら考えなくてはいけないとなると、本格的に警察組織への協力はありえない選択となるだろう。

（……まあ、あのおじさんは信頼できますけど）

奇襲して終わらすと決めたのなら早い方が良い。

自分と同じ異能持ちが動き出したと悟れば、この事件に関わっている〝紫龍〟とやらが警戒を始めてしまうだろう。

その他もろもろの異能を持たない人達は警察にでも任せればいいのだから、異能という特異な才能を持つ、警察では太刀打ちできないそいつさえ倒してしまえばそれでいい。

引き摺り出した情報の中には『〝紫龍〟と呼ばれる異能持ちに連絡する手段』や『誘拐した子供を引き渡す場所・次の予定日時』も含まれていた。

それらを利用すれば一方的に殴り込みを掛けることも可能だろう。だから本当は、即座に手に入れた情報を駆使して有利な状況を作り上げ一網打尽（いちもうだじん）にするのが一番なのだろうが……私は家では多くの家事をこなしており、私一人抜けるだけで我が家は成り立たなくなってしまう。

今日だってこれから夕飯の準備があるし、干している洗濯ものだって取り込まなくちゃいけない。

すぐに多くの時間を取れる訳でもないし、行動に移すにしたってちゃんと予定の調整や準備が必要になる。

攻撃の手札が揃ったからといってすぐさま殴り込みを掛けられる訳ではないのだ。

だから予定の調整ができるまではしばらくは様子見かなと、そんな風に結論付けていた私はそのまま帰路に就こうと向きを変えて。

「あ、お姉」

「え、桐佳（きりか）ちゃんのお姉さん？」

「⁉」

下校途中と思われる妹達が目の前に現れた。

逃げられない。

慌てて妹の心を読まないよう異能をオフにする。

つい先ほどまで何か楽しい話をしていたのか、緩んでいた桐佳の顔が私と目が合う内にみるみるキツイものになってきた。

……反抗期の娘を持つ父親の気持ちはこんな感じなのだろう。

あっと言う間に見慣れた不機嫌そうな顔になった妹の横にいる少女に、妹の友達だろうとあたりを付けて挨拶をする。

「あ、あわわっ……桐佳と、お友達？　い、妹がお世話になってます、姉の燐香です」

「えっと、桐佳ちゃんの友達の遊里です。私のほうこそ桐佳ちゃんにはお世話になっていて……」

初めて見る妹の友達に動揺してしまう。

い、いや、私以外に対しては別に反抗的な態度をとっていないのだから桐佳に友達ができることは普通なのだが、心のどこかで妹は私と同じように友達が少ないと思っていたから少し衝撃を受けている。

「この人が桐佳ちゃんが前に言ってたお姉さんなの？　普段あんまり話してくれないけど、話の中で出てくるお姉さんとは少し違うみたいじゃ……」

「え？　今なんて言いました？」

「んんっ……‼　そんなことよりお姉‼　今日ご飯いらない！　遊里と友達の家に泊ま

るから！」

「……は？」

突然の妹の宣言に数秒呆けた私は、妹と遊里さんに視線で確認するがおずおずと頷かれ、話がだいぶ進んでいたことを知る。

「お父さんには言ってあるから」

「は、え、ちょっと、桐佳」

「じゃあね」

「し、失礼します」

さっさと去っていった妹達に置いて行かれ、呆然と手を伸ばした状態で固まる。

数秒経って、ノロノロと携帯を開けば、昼過ぎにお父さんからは妹が友達の家へ泊まる旨の連絡と、夜遅くなるから食事はいらないという一文が入っていた。

そういえば妹が前々から予定していた映画鑑賞は明日だ、一緒に見に行く友達の家に泊まりこむくらい普通だろう。

私はそういう友達ができたことがないから、おそらく、だが。

「…………」

私の見落としだ、私以外誰も悪くないのだろう。

手に持った食料品はまた明日以降消費することになる……。

「……………」

予定が空いた。

いきなりだが、今日一日暇になった。

「……よし、今日やろう」

突然暇になった時間を埋めるため、〝紫龍〟とやらが行う誘拐事件の解決を終わらせてしまおうと決意する。

体に滾る行き場のない怒りを全力でぶつけてやろうと思い、私は先ほどの暴行男から奪っておいた携帯電話を取り出した。

氷室署交通課に所属する神楽坂上矢は同僚からも煙たがられている警察官。
ほんの数年前までは本部勤務で公安に所属していたエリートであったが、ある事件により彼の行動方針がガラリと変貌し、科学的にあり得ない様なものが存在すると公言し始めたのだ。
きっかけとなった事件が事件だけに、当初こそ周囲の者達は神楽坂に同情し、親身になって諫めていたものの、半年が過ぎた辺りから考え方を変えない彼を異常者として扱い、距離を取り始めた。
さらに時が過ぎても神楽坂は自分の態度を改めなかったため、能力としては十分以上に持ち合わせていた彼は本部から他所へと飛ばされ、凶悪な犯罪事件に関わりにくい交通課に配属されることとなったのだ。

　エリート街道からの転落。

　転属となった氷室署の同僚達からも異常者としての扱いから距離を取られ、勤務環境としても最悪に近い。

　そんな環境の中でも彼は交通課の多忙な仕事内容をこなし、氷室区で起きた様々な事件に首を突っ込み、持ち前の優秀さで事件担当の警察官よりも早く事件を解決に導いてきた。

　そして、関わった事件の中に〝非科学的な要素〟が隠れていないか探し続けてきたのだ。

　彼のそんな態度は刑事事件関係の警察官だけでなく、同じ交通課の警察官からも冷たい目を向けさせるのに時間は掛からなかった。

〝異常者〟若しくは〝転落した出世頭〟なんて陰口を叩かれるようになっていたのだ。

　――けれど、彼の芯は昔から何も変わっていなかった。

　きっかけとなったと言われている事件の前から何も、実際のところは一つとして変わってなどいなかったのだ。

「……次はここか」

　日も暮れ、灯りがなければ碌に周囲の状況も分からない時刻。

神楽坂は一人、廃棄された人気のない建物を虱潰しに歩き回っていた。

普段であれば勤務外の時間。

私服で、武器だって碌に持っていない中で彼は自身の身も顧みず、危険であろう場所の調査を行う。

彼の目的はただ、誘拐事件の関係者を見つけ出し攫われた子供達を無事親達の元に届けることだ。

そのためなら警察官として褒められないような行為でも、犯罪行為に近いことでもやるつもりであった。

「ここは広いな……以前は物流の拠点にもなっていた倉庫か」

小さなライトを口にくわえ、埃の被ったブルーシートを捲る。

目立ったものは何もなく、ただただ放置されている木材。

これまで多くの場所を巡ってきたが、成果はほとんど得られていない。

ため息を吐いて、懐から地図を取り出してバツ印を付けていく。

これで今日だけで五つ目の場所だ。

家からも遠く、帰るのに一時間は掛かるだろう。

別の場所を探しに行くのは無理かと判断し、神楽坂は暗がりの中口にくわえたライトを消して、倉庫を出る。

(……人がいたような跡はあるんだが、事件に繋がりそうな痕跡はない。せいぜい近所の悪ガキのたまり場の可能性が高いか。……とはいえ、事件で使われた場所の可能性はある。ここは慎重な判断が必要……くそ、全然候補から外せねぇ。こんな効率が悪いことに本当に意味があるのか⁉）

苛立ち混じりにガシガシと頭を掻き、もう何度目かも分からない欠伸を嚙み殺す。

全く成果のない廃棄場所巡りを放り出したくなるが、その度に子供を誘拐された親達の泣き顔を思い出して歯を食いしばる。

警察に力がないから捜査が進まない。

警察に信用がないから被害者達が脅され、罪を犯す。

そんな今の状況をただ指をくわえて見ているだけなんて、神楽坂にはできやしなかった。

どんなに小さな一歩でも、たとえ一ミリも進めていなくても、事件が解決するなら何だって良い。

根っからの善人で、馬鹿みたいに愚直なこの男は、そんな自分の芯を折ることはない。

だから彼は歩みを止めず、たった一人で捜査を進め続けている。

（やべぇ、流石に二徹はキツイか……一瞬意識が飛びかけた）

そんな、フラフラとした足取りで帰路に向いていた神楽坂の足が止まったのは、倉庫を出てすぐだった。

――――最初に感じたのは、甘い匂い。

入る時は感じなかったその香りに思わず足を止めたのは、一度、事件発生直後の誘拐現場に入ることができた時、嗅(か)いだ香りに酷似していたから。

(甘い匂いっ……あの時はうっすらとしか感じ取れなくて何の香りか分からなかったが、これは、煙草(たばこ)か?)

香りの発生源を探るために周囲を見渡せば、すぐに見つかった。

倉庫の壁に背を預けながら、男が一人電話をしながら煙草を吸っている。

線が細い中年くらいの男。

到底子供を連れまわせるような筋力を持っているようにも見えず、これまで対峙してきた凶悪犯罪の犯人のようなとんでもない悪意を持つ雰囲気もない。

見るからに一般人、たまたまここで煙草を吸って電話をしているだけにしか見えない、ただの男性だ。

事件との関係性は、煙草が発する匂いのみ。

こんなものでは普通の警察官は疑いすらしないだろう。

「クルアーン社が作る、グリーンアップルですか……輸入煙草とは珍しいものを吸っていますね」

「————? あ、ああ、なんだいきなり⁉」

けれど、それを見つけたのは普通の警察官などではない。

身内にすら〝異常者〟と呼ばれる、物差しの壊れた優秀過ぎる警察官。

匂いを嗅ぐだけで銘柄を言い当て、服と携帯電話から金回りが良い男だと判断。声を掛けられた時の態度から小心者であると予測を立て、少ない手札を補うためにカマを掛けることにする。

「同じものを使って事件を起こすなんてよほど自信があったんだろうが、馬鹿なことをしたな。匂いが同じだ。お前の仕事仲間が我が身可愛さにベラベラ喋ったよ、お前の手段と裏にある組織をな」

「なっ……なんだとっ……？　い、いや、なんのことか分からないな。お前が何を言ってるか分からねぇ！」

「警察を甘く見たな。〝そういう力〟があれば無敵だとでも思ったか？　警察が本当に〝そういう力〟に対応する部署を作っていないとでも思ったか？　世間に公表されていない、超常を解決する部署は存在していて、お前の足取りはもうずいぶん前から追跡してたんだよ」

「な……くそっ、違うっ！　俺は何もしてねぇ！　俺は別にっ……‼」

明らかに怪しい態度だが、まだ確実な証言がない。

もう少し押せればと歯嚙みするが、実際分かっていることはあまりに少ないのだ。

これ以上押すのは無理だと判断した神楽坂は、別の切り口を探すことにした。

「とはいえ、だ。お前の力を法に照らして裁くのは正直難しい。こうして深夜にお前に接触したのは、お前の協力を求めるためだ。お前のやったことは許されることじゃないが、お前が協力して後ろの組織への証拠を出してくれるなら考えてやる、こっちもあまりお前らの様な力は世間に公表したくないんでな」

「つっ……お、俺は…………は、ははは、はははは‼」

引き攣った顔で後退った男が言葉に詰まるが、何かに気が付いたのか笑い始める。

「────馬鹿が、お前は今馬鹿なことを言ったぞ！　世間に公表したくない⁉　てことはこういう力を知ってる奴は限られるってことだ！　何が部署だ、何が警察だ！　今さら法の土台を壊しかねない不都合な真実は世間に公表したくないなんて考えじゃ、もうこの国はお終いなんだよ！」

「ほう……この国、なんて随分大げさじゃないか」

「大げさなもんかよっ、お前らみたいな能なしがのさばる時代はもういらねえ。本当の才能がある奴だけが支配する世界がもう少しでやってくるんだからな！　────つまり回答は！　沈むだけの船でしかないお前らに協力なんてする訳ねぇ！　今ここでお前の口を封じて警察へ圧力を掛けてもらえれば、それだけで誰もこの事件を解決なんてできないんだからよ‼」

　事態は悪いばかりじゃないと判断したのか、それとも観念したのか、先ほどとは打って変わりペラペラと喋り始める。

　こいつの後ろにある組織の目的は分からないが、コイツがどんな口車に乗せられたのかははっきりした。

どうせこいつを誘拐の犯人として逮捕することはできない。

何もかも証拠が足りないのだから当然だ。

だから、もう、聞きたいことは聞き尽くした。

「協力しない、か。そうなると、俺はお前をここで逮捕することになるな」

「ひ、ひひっ！　そもそも俺がどうやってやったって証明するんだよ⁉　この国は科学なんてものを妄信する法治国家だ‼　手口が分かったとしても科学的に証明できなきゃどうにもならねぇ‼　お前らは俺を罪になんて問えないっ！　俺が誘拐事件に関わったなんて証拠はどこにもありゃしねぇんだよ‼」

「……何言ってんだ——証拠なら今、お前が口にしたじゃねえか」

「……は？」と呆けた男がまんまと自分のカマ掛けに掛かった事に、神楽坂は嬉しさで震える体を抑えながら録音した音声を流す。

神楽坂の声掛けから今までの会話が録音された音声が流れ、笑っていた男の顔はみるみる血の気が引いていった。

「俺は、一度たりとも、誘拐事件なんて言ってねぇ。この会話の音声が捜査の端緒(たんしょ)、本格的な証拠はお前が持っている物からこれから出てくる。直接誘拐した犯人としては捕まえられないだろうが、関係者としてなら話は別だ」

「は……はは……、お、お前、騙(だま)したのか……？　警察がこんなことやって……」

強靭(きょうじん)な握力で男の肩を摑(つか)んだ神楽坂は凶悪に牙(きば)を剝(む)いて笑う。

「ははは。おいおい、被害者が今も泣いてるのに犯罪者に優しくする警察官がどこにいるよ」

〝異常者〟、神楽坂上矢は卑劣な犯罪者を絶対に許さない。

それがたとえ非科学的な力を扱う者であっても変わらない。

第七章

異なる能を持つ者達

日も暮れて、人目が少なくなってきた時間帯に私はとある場所までやってきた。

それは廃棄され未だに取り壊されていない廃れた倉庫がある場所だ。

この場所は誘拐した子供を取引する場所として利用されているようで、ちょくちょく〝紫龍〟とやらや誘拐事件を起こしている組織が使う場所でもある。

そして、なぜこの場所に私がやってきたのかというと、〝紫龍〟という異能持ちを誘き出して、早々に無力化してしまおうと考えたからだ。

裏路地で同級生を暴行していたあの男からこっそりと拝借していた携帯電話を使い、登録されていた〝紫龍〟に電話をし、私の声に違和感を持たないよう異能を使ってから話があると呼び出した。

後は、一人呼び出しに応じて出てきた〝紫龍〟という奴を背後からボコボコにすれば私の計画は達成。

長らく世間を騒がせていた『連続児童誘拐事件』も無事に解決するという寸法だ。

（完璧すぎる計画っ……！　憂さ晴らしも兼ねてるし、久しぶりに全力全開でぶっ飛ばしちゃおう……！）

ククク、という笑いを漏らしながら、もう一度〝紫龍〟とやらに電話する。

倉庫の何処にいるのかしっかりと聞き出して初手に全力で異能をぶつける、戦闘型でない私の異能でできる唯一の必勝法だ。

何の疑いもなく私の電話に出た男に、もうすぐ着くことを伝え、どの位置にいるのか聞き出そうとしたところで――――異常が起きた。

『――――？　あ、ああ、なんだいきなり⁉』

「は？　何かあったか？」

どうにも電話先の〝紫龍〟とやらの様子がおかしい。

別の誰かと会話しているようだが相手の声は聞き取れない。

何度か呼び掛けてみたが、返事のないまま通話が切られてしまった。

「……え？　これ、バレてたって訳じゃなさそうですけど……」

バレていてあえて私をここまで誘き出したのなら最後まで電話を繋げる筈だ。

だが、電話先の男はどうにも予想外なことが起きたという反応で、何か策略を企てていたようには思えない。

（想定外の事態が起きたのは見過ごせない。また別の日にするべきか……いやいやでも、あの男からの呼び出しとして〝紫龍〟を呼び出せるのはこれっきり……）

「とりあえず様子見だけでも……」なんて考えて倉庫に近付いていった直後、ガシャンという大きな音が倉庫の入り口近くから聞こえてくる。

人目が少ないといっても、これだけ大きな音が出れば周辺の人達が様子を見に来たり通報されたりだってあるだろう。

もうこれは駄目だと、私は完璧だったはずの計画を投げ捨て、回れ右をして逃げ出そうとするが時すでに遅し。

転げる様に飛び出してきたくたびれた男性と目が合った。

というか、神楽坂(かぐらざか)おじさんだった。

「お、おおおおっ、おじさんですか⁉」

「なっ、んでっ、こんな所に君がいるんだっっ⁉」

動揺も収まらないまま、素早く私目掛けて飛び付いてきたおじさんは私を脇(わき)に抱え、その場を素早く飛びのいた。

瞬間、先ほどまでいた場所に鉄材が突き刺さる。

「────⁉」

「すまんっ、巻き込んだ‼　とりあえずこの場を離れるぞっ、しっかり摑(つか)まってろ‼」

「て、ててて、鉄が、地面に突き刺さってててて」

「ああっ、君の場合はそうやってしっかりパニックになってくれた方が安心するな！」

そう言うと、おじさんは私を抱えたまま恐ろしい速さで、近くのコンテナ置き場の中に入っていく。

やばい、間違いなくやばい。

姿は見えないが〝紫龍〟と呼ばれている異能持ちは臨戦態勢で、私もろともおじさんをぶっ殺そうと全力で異能を発動している。

私も異能で応戦しようにも相手はしっかりと私の姿を捉えているし、何より多少の思考誘導程度なら大丈夫かもしれないが、派手に異能を使えばすぐそばにいる神楽坂おじさんには完全に私の力がばれてしまう。

そうなれば、超能力が使える人間として研究対象となり一生を送る羽目になるかもしれない。

それだけは、それだけは絶対に嫌だ。

「あわわわ、で、でも、このままじゃ死んじゃうっ……死んじゃううぅ……」

「な、なんだか、バスジャックの時とはえらい違いだな。とにかく安心しろ、君は俺を信じてしがみついておけ」

私が慌てるのも当たり前だ。

なんたってこうしてまともに他の異能持ちと戦いになるのは初めての経験なのだ。

だが、そんな風に慌てふためく私とは正反対の自信に満ち溢れたおじさんの態度に少しだけ焦っていた気持ちが落ち着く。

そうだ、大丈夫だ。

だってこのおじさんの能力の高さはよく分かっているし、これほど不安を感じさせない態度なのだ。

何かしらの打開策は持っていてもおかしくはない。

《なんて言ったものの、煙そのものに変貌したあの男に有効な手立ては何一つない。せめてこの子だけでも逃がさないと》

だめじゃん。

思わず読んでしまったおじさんの思考に絶望し、辞世の句を詠み始めた私をおじさんは米俵でも抱える様に持ち替え、辺り一帯に広がった薄い煙から逃げる様に走り続ける。

追う様に鉄屑や壊れた家電、若しくは道路に設置されている標識なんてものまで飛来し、圧し潰そうとしてくるが、おじさんはスポーツ選手かと思う程の速さで走り回りそれらを難なく回避していく。

対抗策がないとはいえ、このおじさんの身体能力の高さは化け物だ。

打倒することはできなくとも逃げることは難しくないのかもしれないと私は思い直す。

「っっ……良し、煙からだいぶ離れたな」

「おおっ、す、凄いですおじさん……！　こ、このまま倉庫とは別方向に逃げましょう！」

「……悪いがそれはできない」

コンテナの陰に隠れて一呼吸入れたおじさんは私の提案を断ると、鋭い目で上空に漂う煙へと目をやる。

「今何が起きているのか、きっと君は全貌を摑めていないと思う。だが、あそこにいるのは俺が捕まえなくちゃいけない犯罪者で、俺が長年追っていた〝超常〟なんだ。ここまでくれば君一人でも逃げられる。俺とあいつがやり合っている間に、この場を離れろ」

「え……嘘ですよね？　あ、あんなのと生身でやり合うんですか……？」

「ああ。本当ならこうして逃げるつもりもなかったが……君がいたからな。流石に君が巻き込まれるのは避けたかった」

私を地面に下ろして、息を整えるおじさんは私に何かを押し付けてくる。

見ればそれは警察手帳と録音器具のようなものだ。

「君がなんでこんな所にいたのかは聞かない、そんな時間もないからな。ただ、これを……帰った後この機械を警察に届けてほしいんだ。一緒に渡した俺の手帳を見せれば、警察も動かざるを得ない」

「それって……まさか、おじさん死ぬつもりなんですか？」

「そのつもりはないと言いたいが、覚悟はしている。理由は何であれ君が来てくれた、だから、託せるなら託してしまおうと思っただけだ」

君はとても頭の良い子だからな、なんて言って私の頭をガシガシと撫でてくる。

手渡されたおじさんの録音機がこの日のために買ったように新品同然で、手帳が散々使い古されたようにボロボロなのが、よくわかる。

心配させまいと笑みを浮かべているが、そんな上っ面だけのものなんて私には意味がないのだ。

「………お、おじさん、私は――――」

頭上、真上に異能の発動を察知する。

「――――おじさんっ‼」

「⁉」

私の声に目を見開いたおじさんを掴み、力の限り押し出した。

足先を掠める様に降り注いだ家電製品の山が地面にぶつかり、壊れた部品が私とおじさんに襲い掛かる。

ねじやガラスの破片、様々な凶器が体に打ち付けられ、ずきずきとした痛みが続いていく。

しかも、おじさんを押し倒す形であったから、その攻撃のほとんどを私が受ける羽目になってしまった。

めちゃくちゃ痛い。

「つっ⁉　大丈夫か⁉　怪我は――――」

「おい、今のを躱すかよ。お前本当に凡人か？」

私の身を案じるおじさんの言葉に被せる様に、知らない男の声が背後から掛けられる。

長身痩躯の中年男性であり、不健康そうな顔色となで肩をしたその男の姿は口の悪いただの覇気のない一般人だ。

仕事人のような格好でも動きやすさ重視の服装をしている訳でもなく、纏う空気感も他人を威圧するほどのカリスマ性なんて感じられず、ましてや凶悪な犯罪事件には到底関わっているとは思えない本当にただの通行人A。

そんな印象を受ける男が、呑気に煙草を口に咥えた状態で煙の中から姿を現した。

荒事や犯罪には無縁そうな見た目の男だが、この男から異能を使う者特有の色濃い異能の力が発せられていることが私にはよく分かる。

煙に異能の力が多く含まれていることも、それを口に咥えた煙草から作り出していることも、ほのかに香る甘い匂いも、全てが手に入れた情報に一致する。

間違いない、この男こそ、今世間を騒がせる『連続児童誘拐事件』の実行犯。

運び屋〝紫龍〟だ。

「……だが、お前から同類の力は感じないな。ただ運が良かっただけか」

値踏みするように私を見下ろした〝紫龍〟が下した判断にほっとする。

こうして直接他の異能持ちと接触するのは初めてだったが、どうやらこの男の目には私は異能を持たない凡人として映ったらしい。

……ふざけやがって。

ずきずきと痛む背中のおかげで、精神が冷えて落ち着いていく。

本当なら泣きながら不平不満を漏らしたいが、そんなことは家に帰ってからやるとしよう。

今はこの状況を突破する術を考える。

「テメェッ……！　子供を構わず巻き込みやがってっ……!!」

「ああ？　何言ってんだお前、お前が悪いんだろうがよ。お前がそのガキを抱えて連れ出さなければ追うこともなかった。お前がその証拠をそいつに渡さなけりゃそのガキを狙うこともなかった。全部お前が巻き込んだんだろうが」

「っ！」

「可哀想になぁ、こんな屑みたいな警察官のせいで巻き込まれて危険な目にあうことになるんだ。これから先どうなるかなんて考えたくもないよなぁ？　ぜーんぶ、そこのクソ野郎のせいなんだぜ？　ほら、何か言いたいことあるだろ？　言ってみろよ」

「…………」

ヘラヘラと軽口を叩く男に、おじさんは歯を噛み締めた。

まるで、『そうかもしれなかった未来』があったかもしれないと認める様に、おじさんは口を噤んでいる。

けれど。

「何言ってるんですか？　おじさんが私を抱える前に、貴方は私に向けて鉄材を飛ばしていたじゃないですか。この現場を見た時点で、貴方は私を無事に帰す気なんてなかった癖に、まるで自分は善人だなんていう妄言は止めてください」

「……可愛げのないガキだ」

男から笑いが消えた。

ヘラヘラとした笑みは不快だったから何よりだ。

男は咥えていた煙草を指でつまみ口から離すと、息とともに大きく白い煙を吐き出した。

白く、甘く、大きく、生物のように宙をのた打ち回る大量の煙。

周囲に漂う煙を操り、だんだんと濃く、広範囲へと増大させていく。

「子供好きの変態警察官が女子学生を誘拐し失踪、二人のその後の行方は分からない——筋書きはそんなもんでいいだろう」

顔を強張らせたおじさんが盾になるように私の前に身を晒した。

それを嘲笑うように、男は指に挟んでいた煙草を弾く。

「立場だけしか取り柄のない、なんの才能もない奴らが本当の天才に逆らったらどうなるのか。その身に刻んでやるよ」

宙を舞っていた煙草が煙の中に掻き消える。

代わりに煙から現れたのは、視界一杯に広がる巨大な有刺鉄線の網だ。

大きく広げられた鉄製の網が私とおじさんを捕らえようと飛来するが、目前に出現したその網をおじさんは驚異的な反射神経で蹴り飛ばし、一足で〝紫龍〟へと距離を詰めた。

おじさんが行うあまりに完璧な反撃。

その一連の反撃がまるで一つの技であるかのように高速で行われたが、〝紫龍〟の腹部目掛けて振るわれたおじさんの殴打は、〝紫龍〟自身が煙に掻き消えることで回避される。

それどころか、〝紫龍〟目掛けて拳を振ったおじさんの姿もその場に漂う煙に吸い込まれるように消えて、辺りには濃霧のような煙だけが残された。

「お、おじさんが消え……」

――感知する。

頭上、右下、左正面で〝紫龍〟の異能が発動しようとしている。

（回避……いや、それよりもこのままじゃ煙に取り込まれたおじさんが危険……）

〝紫龍〟がやろうとしているのは、煙に取り込んだおじさんを上空へ運び解放するだけだ。

だが、六メートル上空に運ぶだけで、人間なんて落下すれば致命傷を受ける。

煙になると攻撃が効かず、煙に取り込まれるのに抵抗はできず、気が付けば即死の攻撃を受ける〝煙の力〟、初見殺しにもほどがある。

三歩後退して二歩左に動く。

私に目掛けた攻撃を当たらないように掻い潜る。

そして、煙の中に紛（まぎ）れる〝紫龍〟の思考を読み取った私は六メートルの高さからおじさんを落とそうとしている思考を四メートル程度に素早く書き換えた。

本当にギリギリ、〝紫龍〟の行動に私の異能が間に合った。

「――なっ、なんで俺は空中にっ⁉」

目論見（もくろみ）通り、四メートルの高さならおじさんにとっては大した高さではないようで、宙に投げ出されたおじさんは空中で体勢を整え私のすぐ近くに転がるように着地した。

いや、二階建ての高さとか私にとっては致死クラスであるのだが……まあ、その部分は考えないことにする。

「ああ？　……なんだ？　お前なんで無事なんだ……？」

「お前っ……!!　なるほどな、そうやって子供達を攫った訳だっ！　家の中にいても煙だったらいくらでも入れて、煙に人を収納できるならどれだけでも子供を運べるものなぁ!!」

「うるせぇな。今質問してんのは俺の方なんだよ。それよりテメェ、どうして無事なんだ？　確かに俺はかなりの高さまで運んだはずだぞ。それを無傷でやり過ごすなんてテメェどういう……」

当然だが訝し気な〝紫龍〟の言葉に、私がやったからだよ、とは言わない。

おじさんは姿を現した〝紫龍〟の動きを警戒しているが、私は周囲に漂う煙と頭上でおじさんを吐き出した煙の濃さを見比べる。

「おじさん。原理は分かりませんが、取り込む物体によって必要な煙の濃さが違うようです。おじさんが取り込まれた時、周りにはかなりの濃さの煙がありました。煙が濃い場所は回避してください。次、煙に取り込まれれば即死と考えた方が良いかと思います」

「……なるほど」

「はぁ？　おいおい、何冷静に分析してんだ。そんな正確かもわからない分析一つで、俺とお前らの才能の差を覆せると思ってんのか？」

「できるできないは結果を見てから私が決めます。それとも……貴方の非科学、解明されるのが怖いんですか？」

「………ガキが」

私の挑発で〝紫龍〟の視線が私に固定される。

証拠となる録音機も私が持っている。

これでコイツの中の優先度は、おじさんよりも私だ。

「………二手に分かれますよ。どちらに追ってきても、恨みっこなしです」

「な⁉　い、いやだが、俺は奴を捕まえないと……」

「今ここで、たった二人だけでどうにかなる相手じゃありません。一度撤退を」

おじさんがいなければ、少し派手に異能が使える。

極力出力の強い異能の使用はしたくないが、〝紫龍〟とやらは犯罪者で、悪人だ。

後遺症が出ようが知ったもんか。

懐から水筒を取り出し〝紫龍〟目掛けて投げる。

飛んできた水筒を煙と化すことで躱そうとした〝紫龍〟だったが、水筒から飛び出した粉に包まれ、正面から水筒と粉を浴びることとなった。

「つっ⁉」

自分が煙になれなかったことに驚愕しているようだが、なんてことはない。

水筒の中に入っていたのは水ではなく小麦粉だ。

〝紫龍〟という異能持ちの情報を、私は事前にあの男達から得ていた。

煙の異能、煙を起点とする異能。

その情報を得た私が対策として、もしかしたら使えるかもしれないと準備しておいたのが今の水筒に入った小麦粉だった。

絶対に有効だという確信はなかったが、実際に〝紫龍〟と対峙してみて煙草をいちいち使って煙を作り出していたから、自分で作り出した煙か煙草からの煙でしか扱えないと考えたが、どうやらその予測は正しかったようだ。

異能によって作り上げられた科学の通じない煙でないなら常識が通じる。

煙とはすなわち水分、水分を吸収する小麦粉に囲まれれば煙の扱いが上手くいかないのは当然だ。

現に今、奴は自身の周囲を取り囲んだ小麦粉の粉塵に邪魔をされ、煙に紛れることができなくなっている。

そして、事前準備の差が猶予を生む。

「今ですっ、逃げますよ！」

「――――っっ、クソッ！」

効果があるか半信半疑だったから少量だけしか持ってこなかったが小麦粉の効果は判明した。

もしここで仕留めきれなくても、もっと大量の粉塵を用意すれば疑似的に〝紫龍〞の異能を封じることは可能だ。

今この場で制限をかけられたままやり合うよりも数段勝算がある。

おじさんが私とは反対方向に走り出したのを確認して、計算通り事が運んでいることに口元が緩んだ。

(最初こそどうなるかと思ったけど、ここで私を追ってきたら当初の予定通り一対一。しかも布石も打てた、全力で異能を使えるなら負けはない。もし私達の追跡を諦めたとしても、〝紫龍〞の異能に対する対策も分かったから次やる時はもっと有利な状況を作り出せる)

周囲に漂っていた粉塵を暴れるように手で払う〝紫龍〞を後ろ目で確認し、どれくらいの時間有効なのかを見ておく。

結構な距離を空けることができた、ここまでくれば、先ほどまでの〝紫龍〞の異能の出力なら捕まることはない。

私が勝ちを確信した瞬間、粉塵を振り払い終えた〝紫龍〞が憎悪を込めた目で私を見た。

「このっ、クソガキがぁっっ‼」

〝紫龍〞が怒りの叫びをあげて、ポケットから石の様なものを取り出した。

距離があるから詳細は分からない、だが夜の暗闇の中でも〝紫龍〞が取り出したその石はひときわ暗く、そこだけがぽっかりと空洞があるように黒かった。

そして〝紫龍〟はその石を、あろうことか口元に運び呑み込んだ。

「クソガキィ、お前だけは無事に帰さねぇぞっ……」

「⁉」

〝紫龍〟が纏っていた異能の力が増大し、出力が桁外れに跳ね上がる。

ベキベキベキと、聞いたこともない異音と共に〝紫龍〟の周囲にあった煙が蠢いた。

変質する。

ふわふわとして無形であったものが、硬質で重厚なものへ。

〝紫龍〟の周囲に漂い始めた鉛色が混じったその煙は、煙であって煙でない。

蓄えた鉄と混ざり合った煙は自然界では絶対に存在しない、煙と鉄の両方の性質を併せ持つ『超常』だ。

そしてその歪な変質は、届かぬ筈だった私と〝紫龍〟の距離をたった一瞬で埋めていく。

変質した歪な煙が槍の様な形状に変わり、逃げようとする私の背中目掛けて豪速で射出され飛来する。

それは、砲弾のような破壊力を孕み、狙撃のように狙い澄まされた死の一撃。

私だけを狙う、異能の凶器だ。

「――なにそれっ……⁉　こっのっ……‼」

驚愕を呑み込み、現状に対応。正確無比に私の体を貫こうとする死の槍を私はすんでのところで横に跳び躱したが、さらに追い打ちを掛けるように、地面に突き立った煙の槍から立ち昇るようにして〃紫龍〃が姿を現した。

「できるできないはお前が決めるんだろう？　ならやってみろガキ」

憤怒が込められた言葉と共に、私を取り囲むように鎖状となって飛び交った大量の細い煙が私の逃げ場を潰す。

私を囲う鉛色の檻が、捕らえた者を串刺しにするアイアンメイデンのように、情け容赦なく私を襲おうと鋼鉄の牙を剝く。

「……っ！」

——感知し、先を読み、そして私は精神干渉の異能を行使した。

野菜をミキサーに掛けるかのように、私を取り巻いた煙で攻撃を仕掛けようとした〃紫龍〃の思考に干渉を仕掛ける。

（っ、攻撃そのものを止める必要はない！　回避できる隙間を指定して作れば対処は容易っ）

渦巻くようにして私の周囲を飛び回る鎖状の煙が、空を駆ける蛇のごとき動きでのたうち、その煙の内部に収納されていた凶器を一斉に解き放つ攻撃。

それを、私は精神干渉によって無理やり作らせた隙間を縫うようにして回避する。

「はあ⁉　これも避けんのかっ⁉　マジでどうなってやがる‼」

しゃがみ込み、地面を転がるようにして危機を脱した私の姿に、〝紫龍〟が驚愕を通り越して困惑混じりの声を漏らす。

戦闘の最中に動揺を表に出すなんて愚行も良いところだとは思うが、実際私への攻撃なんて〝紫龍〟はウサギ狩りでもしている気分だったのだろう。

自分と同じ異能持ちですらないと思っている私なんて、〝紫龍〟にとっては敗北どころか反撃すらありえないものなのだ。

ゆえに、猛攻をギリギリで回避したものの、バランスを崩しながら倒れ込んで立ち上がることもできていない無様な私の姿に、〝紫龍〟は安心したように嘲（あざけ）りの笑みを浮かべた。

「な、なんだよ。糞（くそ）ガキが、手こずらせやがって」

格下狩りどころか、手間取らされることすら腹立たしいと思える異能を持たない筈の私との戦闘。

現状の時間を掛けていることすら〝紫龍〟にとっては許しがたい状況。

だからこそ、〝紫龍〟は時間を掛けさせられている事実に苛立（いらだ）ちを抑えられない。

だからこそ、この男は異能による攻撃を回避されている事実を軽視する。

だからこそ、この小物は必ず楽な選択をする。

それらを、私は分かっていた。

「これで、死ね」

転がるようにして回避した体勢で未だに立ち上がれてもいなかった私の頭目掛け、〝紫龍〟は手を翳し数多の煙を吐き出した。

煙に煙を収納し、今私目掛けて溜め込んでいた煙を解放した。

先ほどのおじさんを収納した煙の濃度よりもずっと色濃い白煙は、服を汚し、圧倒的な力の差に呆然とした表情を浮かべる私をいともたやすく取り囲む。

人を呑み込む巨大な煙に為す術なく私は取り込まれ、そしてそのまま〝紫龍〟の思い通り、あまりに高い空へと体を運ばれ落下させられる。


――――そう、〝紫龍〟は誤認した。


「……あ？」

落下しない。

何も落ちてこない。

いくら待っても捕まえて運んだはずの私が上空から吐き出されない。

「……ああ？」

怪訝そうに運んだはずの上空へと視線をやった〝紫龍〟の顔に向けて、『本当の』私は真横から熊用スプレーを吹き付けた。

「――――あ？　ああああっ、あああああ‼」

対大型獣用の劇薬を直接顔に吹きかけられた〝紫龍〟は激痛に顔を押さえて尻もちをつく。

そして、今の〝紫龍〟を襲っているのは何も吹き付けた薬品だけではない。

私の異能、〝精神干渉〟による思考の支配。

この男と出会ってからずっと置き続けてきた布石、思考誘導の網はすでに強固に彼を縛り付けている。

完全に洗脳しきることは難しくとも、私はすでに〝紫龍〟の認識能力に対して強く干渉できるだけの主導権を握っている状態なのだ。

だから言ったのだ、負けはない。

先ほど〝紫龍〟が私を異能持ちだと見抜けなかった理由は単純、年季の差だ。

私は物心ついたときからこの力を扱い、中学の頃なんて調子に乗って見境なく試行錯誤を繰り返していた。

だからこそ、使用時と未使用時の切り替えは完璧で、この〝紫龍〟のように異能の力が垂れ流しになっていることはない。

練度も違うし質も違う。

出力は……まあ、そんなに変わらないけども、煙を操る力と精神に干渉する力じゃ格の違いは歴然。

　妙な石を使って出力をブーストしたことには驚いたが、それで改善できる状況はもう少し前だった。

　意識を完全に雁字搦めにするまであと少し。

（私のヘロヘロ物理攻撃なんて少しのダメージも与えられないだろうし、このまま異能で無力化するまで押し切ろう）

　あの妙な石の詳細は気になるが、同じ異能持ち相手にあれこれやれるほど余裕がある訳でもない。

　これまでのような違和感を覚えさせない程度の出力ではなく、全力で。

　私は〝紫龍〟への精神干渉を行おうと頭の中のスイッチを切り替えようとした。

「無事かっ⁉」

　だから、想定外の声に私は意表を突かれた。

　別かれた筈の、あのおじさん。

　別方向に逃げることを確認した筈の、私の異能を知られてはいけない人が私の身を案じて戻ってきてしまった。

　いや、いつか戻ってくるだろうとは思っていたが、それまでには終わらせられると思っていたのだ。

　迷いなく私を助けようと戻ってきた、その判断が早すぎる。

（あわっ、あわわわ……⁉）

「これはっ……⁉」

想定外の場面を目の当たりにしたような声を上げるおじさん。

それはそうだろう、少女が熊用スプレーを持っており、その近くにいる中年男性が顔を押さえて絶叫している。

私だってこんなもの見たら少女の方がやべぇ奴だと思う。

なにより不味いのは私の異能の使用をどこまで見られたかだ。

（そ、そうだ、重たいもので頭を殴れば記憶が飛ぶかも）

なんて、呑気にそんなことを考えたのが間違いだった。

あれだけ意識を向ける大切さを知っていた筈なのに、私は目の前の無力化しきっていない敵から意識を逸らしてしまったのだ。

「おごっ、ぁあああっ、あああああ‼」

暴風のように〝紫龍〟の周囲の煙が渦巻いた。

取り込んだ鉄と融合し鉛色に変色した煙は、刃物のような鋭さを持っている。

そんな煙が〝紫龍〟の周囲、全方向へと撒き散らされた。

意思もなく計画もない。

偶然、異能の暴走、言ってしまえばただの事故。

だからこそその出来事は、知性体の精神に干渉する術しか持たない私の死角となった。

そして迫りくるその鉛の煙は――

「……あ」

異能を除けば平均以下しかない私の身体能力では回避などできない――不可避の死そのものだった。

ざっくりと、肩口が深く裂けた。

腕やわき腹、背中の至る所が引き裂かれ、血が飛び散り地面を赤く塗り替えていく。

視界一杯に広がる鮮血から鉄臭いにおいが広がり、それだけ多くの血を流した傷はきっと、内臓や骨にまで達しているだろうことを簡単に想像させる。異能の凶器に体を抉られ、大量の血を全身から流し、あまりの激痛に顔を歪める――

――私を守ったおじさんの、そんな姿が目の前にあった。

（――――）

理解できない。

理解できない理解できない理解できない。

目の前の全ての光景が、私にとってはあまりに理解できないものだった。

だって、私を抱えたおじさんはそのまま地面を転がる。

だって、背後から受けた傷は激痛を訴えているはずなのに、地面を転がる時も彼は私が傷付かないように抱きしめ続けている。

だって、傷口に土が入るだろうに、地面に散らばる鉄や石が傷口を広げるだろうに、彼は私を抱えて離さない。

彼の行動の何もかもが、私は何一つとして理解できないのだ。

「つ……怪我はないかっ？」

「……は、ぁっ？」

馬鹿だ、この男はどうしようもない馬鹿野郎だ。

自分はこれだけ傷付いているのに、血も出ていない私に向けて何を言っているんだ。

しっかりと傷一つないように守り切っておいて、何をふざけたことを言っているんだ。

何故だか無性に考えがまとまらない私に向けて、彼はバスジャックに乗り合わせた私を安心させようとした時と何一つ変わらない口調で語り掛けてくる。

「君は、早く帰れ。君が無事に帰れるように俺が何とかする。最後まで君を守る」

顔を歪めてなどいなかったかのように、まるで何の痛みもないかのように、終いにはそんなことを言ってきたこの人の姿に、私は考えていた色々なことが頭から抜け落ちていってしまう。

自分の身を顧みず私を守ろうとするこの人を見ていると、自分の身ばかり守ろうとしている私自身がどこまでも醜く思えてきてしまう。

「……なんでそんなに私を守ってくれるんですか？」

「なんでって……君が善良な一般市民で、俺が警察官だからだ」

「…………私はおじさんが思っているほど、善良なんかじゃないですよ。それでも最後まで私を守るんですか？」

「言ってることが分からないが……そうだな。たとえ君が自分を善良と呼べなくても、少なくとも俺にとって君は、守られるべき子供だよ」

「…………あー、そうですか。そうですかー」

この人は口に出す言葉と心に乖離がない。

何から何まで善人で、どこまでも誠実な人だった。

くしゃりと歪んだ心と共に、私の口から出たのは投げやりになったようなそんな言葉。


善人は苦手だ。

善良なだけの人の思考は理解に苦しむ。

打算も持ち合わせない単純な人は……どうしていいか分からなくなってしまう。

人の汚れた部分を見すぎた私は、こんな人を前にすると眩しさで目が潰れてしまいそうになってしまうから。


もう私は、どうするのが正解なのか分からなかった。

「……あのですね、神楽坂さん。私、隠し事がありまして」

意識をはっきりと取り戻した〃紫龍〃が、目の焦点を私達にしっかりと合わせた。

今から思考の誘導はできない。

振り上げた手の先から今にも射出されそうな大量の鉄材を別の場所に撃たせるだけの出力を今の私は持たない。

動き出した〃紫龍〃に気が付いた神楽坂さんは私を深く抱きしめて、何とか回避しようと動き出す。

そんな状況の中で私は、片手を指を鳴らすように構え、何も考えないままその手を攻撃態勢に入っている〃紫龍〃へと差し出した。

「私、ちょっとだけ凄いことができるんです」

パチン、と指が鳴らされた。

精神干渉の力に変換された異能の出力。

音に乗せられた不可視の異能の力が標的に届き、標的の脳、精神を大きく揺らす。

そうすれば一瞬にして、〃紫龍〃が携えていた煙は跡形もなく霧散し消し飛んだ。

ぐるりと白目を剝いた〝紫龍〟がそのまま背中から地面へと倒れ込む。

色も匂いも空気の揺らぎさえない不可視の衝撃波は、何の抵抗も許さず〝紫龍〟の意識を刈り取ったのだ。


「――――なっ、なにがっ……⁉」

それは正しく異常事態。

あれだけ超常現象を引き起こし、あれだけの力を振るっていた〝紫龍〟が為す術なくその場に崩れ落ちた。

白目を剝き、口から泡を吹いて地面に倒れた〝紫龍〟は数回痙攣（けいれん）してその場で動かなくなっている。

外傷としては何一つない〝紫龍〟が死ぬことはないが、今はピクリとも動くことはなく、しばらくは目を醒（さ）ますこともない。

呆然と、突如として崩れ落ちた〝紫龍〟の姿を見届けた神楽坂は、それを為したであろう自分の腕の中にいる少女へと顔を向けた。

「君は、なんなんだ……？」

愕然とした視線を向ける神楽坂の腕から逃れた少女は、少し距離を取ってから神楽坂へと向き直った。

ちょっとだけ躊躇うように、本当にこれが正しいのか迷うように、神楽坂へと視線を向けた少女は初めて自分以外の誰かに対して自分の秘密の力を告白する。

「人を化け物みたいに言わないでくださいよ――――私は佐取燐香、高校一年生。特技に少し凄いことができる一般人です。私は、貴方が待ち望んでいた〝超常〟を、貴方には明かすことにしたんです」

どうぞ末永くよろしくお願いします、なんて言って。

少女は少しだけ緊張で強張る手を伸ばして、神楽坂の傷だらけだった手を取った。

第八章

一つ先の光景

それからの話だ。

半年にわたって警察に足取りを掴ませなかった『連続児童誘拐事件』はあっけなく、たった一夜にして解決した。

というのも、私があの暴力男から引き出した情報には子供達の監禁場所もあり、一気に事件を解決できる場所を突き止めていたのだからある意味当然の結果であった。

誘拐された子供達という動かぬ証拠の在処を私が知っていて、警察官の神楽坂さんが私と協力することとなった。

そうなると行動力の化身である神楽坂さんは、自分の怪我など気にもせず誘拐実行犯〝紫龍〟の確保をしたその夜のうちに監禁場所に突入する。

後は、情報通りその場所に捕らえられていた子供達全員を無事に助け出し、その場にあった物的証拠なども押さえ、事件はあっと言う間に解決することとなった、という訳だ。

誘拐被害にあった子供達を一人残らず助け出し、監禁されていた時の話を聞くことと、医者による体調の確認を行うために、秘密裏に一時的な保護として氷室警察署に連れて帰ったが、どこから情報が漏れたのか次の日の朝には親達と報道各社が氷室警察署へと殺到。

一夜にして起こった事件解決劇は詳細不明のまま、彼らにとって不都合な事実を隠す間もなく世間に公表されることとなってしまったのである。

曰く、『氷室署の一人の警察官が〝偶然〟誘拐された子供達が監禁されている現場を見つけ、救い出した』と、そんな風に。

◆◆◆

「……はふぅ……今、何時れす……？　……⁉」

妹のいない休日の朝は久しぶりで、昨夜の深夜まで及んだ子供達の救出活動の疲れから私はぐっすりと眠り込んでしまっており、目を醒ましたのは正午を回った時間になってから。

今日やろうと予定していたことが全て崩れ去っていることに気が付き、慌てて布団から飛び起きてリビングへと向かえば、掃除機片手にニュースを眺めている父親の姿が目に入る。

「ああ、燐香起きたね。燐香が寝過ごすなんて珍しくて声を掛けなかったけど、何か予定でもあったかな？」

「お、お父さん……」

リビングの様子からして、やろうとしていた家事はすでに終わっている。

ニコニコと普段通り温和な雰囲気を見せる父親に、申し訳ない気持ちになった。

「……ごめんなさい。少し疲れてて……」

「いやいや、謝ることないよ。いつも燐香には迷惑ばかり掛けてるからね。これくらいやらせてくれないと、むしろ僕が怒られちゃうよ」

慌てて私の謝罪を否定した父親は、私に新しく注いだコーヒーを勧めてくる。

大人しく、父親の勧めに甘えてコーヒーに口を付ければ、少しだけ残っていた眠気も苦みで打ち消されていく。

お父さんはふと思い出したように私を見る。

「そういえば、桐佳は夕方頃帰ってくるそうだよ」

「……私、昨日の泊まりの話。直前まで聞いてなかったんだけど」

「桐佳が言わないでおいてって言っていたからね。本人が言うものだと思っていたんだけど」

「ご飯とかの予定もあるからそういうのは言ってくれないと私が困るし。次からちゃんと話を通してほしいかな」

「ははは、ごめんね。でも、桐佳ももう中学三年生だから、あんまり子供扱いするのは本人が嫌がるんだよ。もう、自分のことはある程度自分で考えられる歳だからさ。ある程度は認めてあげないと」

やけに桐佳を擁護する父親に、自分の目が吊りが上がっていくのを自覚する。

「中学三年生は子供です。悪い大人には何の抵抗もできないし、自分でしたことの責任を自分で取ることもないんだから。桐佳にはまだしっかりと目を向けないとだめ」

「まったく……桐佳のことになると燐香は頭が固いなぁ……」

私の譲らない態度に困ったような顔をするお父さん。

いつも仕事を頑張ってもらっているが、これだけは譲れない。

世間の犯罪率の高さの土台となっていた事件は昨日解決したが、世の中悪い人間はいくらでもいる。

特に、見た目の良い年頃の女の子なんて格好の獲物になりかねない。

しっかりと縛り付けるくらいがちょうどいいのだ。

語気を強める私に困ったような顔をしたお父さんは、丁度流れてきた『誘拐事件』が解決したというニュースを指差して私を説得しようと口を開く。

「ほら見てごらん。解決できないと言われていた誘拐事件も、ちゃんと警察は解決してくれたみたいだよ。世間に言われているほどこの国は危険じゃないさ。燐香もそんなピリピリしてないで、学生らしくちょっと夜遊びするくらいが良いんだよ？」

「…………勇敢で優秀な警察官がいてくれたようで何よりですね。その部分は私も安心しています。でも、それとこれは話が違います。お父さんが何と言おうと、桐佳は子供で、悪い大人には抵抗できなくて、この世の中は悪意で満ちているんですから」

お父さんは楽観的だ。世界中で犯罪事件が増加していると言われている現状でも、自分達の国は心のどこかで大丈夫だろうと思っている部分がある。

それは違うと、人の心を読める私は断言する。

何時だって、悪意は被害者の知らないところから生まれて、不意に襲ってくるのだから。

話は終わりだと、私はコップに入ったコーヒーを一気飲みする。

テレビから流れる、神楽坂さんとした約束通りの情報に、ひとまず連絡を取ろうと携帯を開き、随分前に彼から連絡があったことに気が付いた。

『受信時間：四月十六日九時三十四分
送信者：神楽坂おじさん
件名：これからの話がしたい
本文：こっちの処理は終わった。君が指定した喫茶店で待っている』

「…………」

「ど、どうした燐香。顔を真っ青にして。やっぱり今日予定でもあったのか？」

時計を見る。

今の時間は既に十三時を回っている。

もっと掛かるだろうと思っていた神楽坂さんの事件処理は、思いのほか早く終わっていたようである。

◆◆◆

「さて、君の要望通り、事件処理に君を巻き込まず、〝異能〟という超常の存在を表沙汰にせず、昨日の件を収めた訳なんだが……俺はてっきり君に裏切られたものかと思ったよ」

「す、すすすす、すいませんっ……ね、寝落ちしてて……あ、い、いや、言い訳とかではわわわわっ……」

「……いや、待て待て。別に怒ってない」

慌てて辿り着いた喫茶店の隅には、神楽坂さんが腕を組んで椅子に座り目を閉じた体勢で私を待ち構えていた。

バタバタと近づいてきた私に薄目を開けた神楽坂さんの皮肉交じりの言葉は私を抉りにきたものの、どうやら怒ってはいないらしい。

……少しだけ心を読んでみるが、その言葉に嘘偽りはないようである。

本当に人のいいおじさんだ。

「えっとえっと、あ、その、お怪我の方は大丈夫ですか……？　私を守ってかなり深い怪我をされたようでしたし無理されるのは……」

「ああ、問題ない。一応もう応急手当はしたしな。事件についての諸々の処理が終わったら病院に行く予定……あ、いや、見た目ほどの重傷じゃないんだ。これくらいは慣れてるから気にしないでくれ」

「う……め、面目ないです……あ、あの、約束を守っていただいたのは報道を見て確認しました。本当に、私のことも、力のことも公表しないでいただけて助かりました」

「いや、それは大したことじゃない。超常の力があるなんて騒いでも証明しきることは難しいのは俺がよく分かっているからな。なによりも……俺個人としては、無策に真実を世間に公表しようとするよりも、君の協力を取り付けられる方がずっと価値があった。本当にそれだけなんだ」

『連続児童誘拐事件』の実行犯、運び屋〝紫龍〟を拘束した後に私が神楽坂さんにした提案。

それは、異能という超常の力を公表しないこと、私のことを周囲にばらさないこと、それらを呑んでもらえるなら今後異能の関わる事件に協力するという交換条件だった。

突然意識を失った〝紫龍〟に、状況が分からず少し悩む様子を見せた神楽坂さんだったが、私の有用性を示す一端として攫(さら)われた子供達の監禁場所を話せば彼は即座に二つ返事で頷(うなず)いた。

結果として、その夜のうちに実行犯の逮捕と攫われた子供達の保護を行えたものの、私の条件を呑んだことで〝紫龍〟が行った誘拐の実行は証明できず、あくまで事件に関わる疑いがあった者として話を聞こうとした神楽坂さんに対する傷害の罪での逮捕に留まったようである。

　まあ、神楽坂さんが言うように、いくら異能の存在を主張しても、今の法律では裁けるものでもなく、その存在も周知されていないのだから、罪として認められることはなかっただろう。

　しかし、そこまで言った神楽坂さんの表情が解せないと言うように少しだけ曇る。

「だが、少し分からないことがある。昨日捕まえたあの男とは違い、君は別に力を使って罪を犯している訳ではなかった。わざわざ協力の約束までして力の存在を隠すほどの必要性が、君にはなかった筈だ。なぜわざわざ交換条件までしてそんなことを……？」

「えっとぉ、それは……その……」

　そんなのは当然、私がこの力を使って後ろ暗いことを一杯やってきたからに決まっている。

　でもそんなこと馬鹿正直には言えない訳で。

「あの……あっ、あれです！　この一連の事件には大きな組織が関わっていると私は思っているんです！　下手にここで力の存在を公表しようと目立つ動きをすれば、神楽坂さんの命を真っ先に狙いに来ると思ったからです！　となると、もっと強力で、凶悪な力を持った奴がこの地域に来る可能性がありますからっ、それをなんとかして阻止したかったんです!!」

「……なるほど。筋は通っているが……もう少しうまく嘘を吐けないのか……？」

「う、嘘じゃないですよ‼」

「ああ、うん、そういうことにしておこうか」

「嘘じゃないですよっ⁉」

嘘ではないのだ、本当だ。

大部分は自己保身だが、そういう理由もちょっとだけあった。

私は強力な異能を持つ奴と好んで戦いたいなんていう戦闘狂ではないし、自分の限界を知りたいなんていう欲求もない。

だからできるだけ同類の方はこの地域に近付かないでくれるよう動きたいのだ。

けれども神楽坂さんの私を見る目は、子供が吐く単純な嘘を呆れるような色がある。

甚だ不本意ではあるが、ここまでくると否定しきるのはもう難しいだろう。

せめて違う話題に移ろうと、私は神楽坂さんが最もしたいであろう話を切り出すことにした。

「……それよりも、これから神楽坂さんに協力しますけど、おじさんが追っている事件ってどんなものなんですか？　もしかしたら既に私がある程度は知っている事件かもしれませんし、できれば教えていただけたら嬉しいんですけど」

「ん、ああ。それは…………いや、その前に、今回の誘拐事件の黒幕をあぶり出してからそちらの話はしよう」

「え？　ま、まあ、それは良いですけど」

てっきり神楽坂さんが追っている事件についての説明が、この待ち合わせの主題だと思っていただけに拍子抜けしてしまう。

確かに、大きな組織が黒幕ならばこの誘拐事件はかなり根深いものであり、誘拐された子供達を助け出した場所で見たものを考えれば、優先してそちらを解決しようとする気持ちも分からなくはない。

「俺としては、この場ではそこまで大きく君との関係を築いて、一気に事件の解決を進めようとしている訳ではなくてだな。あくまで、君が本当に俺と話をしてくれる気があるのかの確認と、君への感謝を伝えるためのものだったんだ」

「はぁ……まあ確かに、お互いのことを碌に知りもしないですし、たまたま命を預け合ったような偶然の関係ではありますから別に私はそれでも良いですけど……。でも、私は別に神楽坂さんから受ける感謝なんて特にはありませんよ。私だって能動的に神楽坂さんを助けようと動いていた訳ではないですから」

「いや、確かに俺としても君には十分感謝しているが、ここで君に伝えたかった感謝は俺からのものじゃない」

そう言って神楽坂さんは、鞄から一枚の手紙を取り出した。

短く感謝の言葉が書かれたその手紙は、派手さもなく、彩りもない、なんとも地味な一切れの紙。

「――――バスジャックを引き起こしたあの夫婦から、君へ届けてくれと言われた手紙だ」

「え……あの人達、ですか？」

熊用スプレーをぶちまけた女の人と、責任を取るつもりもない言葉で惑わせた男の人。あの人達からの感謝の手紙だと、神楽坂さんは私に言う。

私が困惑しながら手に取ったその手紙は薄くて、少しだけ湿ったような跡があった。

『名前も知らない少女へ

バスジャックの件では君達にとても迷惑を掛けた、本当に申し訳ない。

行方の分からなかった息子が助けられたと、あの男の人に聞いた。

君が関わっているのかは分からない。でも、なんとなく君が助けてくれたんだろうという予感がある。ありがとう。

君があのバスに乗ってくれていて本当に感謝している、それだけは伝えたかった。』

そんな簡潔な文章が、その手紙には書かれていた。

「……神楽坂さん、すぐにこの人達に子供達が帰ってきたって伝えたんですね」

「ああ、彼らは犯罪者ではあったが、子供がいなくなって、脅迫(きょうはく)されたという理由があった。もちろん犯罪を正当化できるものではないが、安心させてあげられるならそれに越したことはないだろう？」

「そうですね……私もそう思います」

「……本来なら、犯罪者になんてならなかった人達なんだろう。面会して、そう思ったよ」

神楽坂さんが約束を破って彼らに私の詳細を伝えたのか、なんてことも一瞬だけ頭を過ったが、文章を読めばそんなことはないのだとすぐに分かる。

あんな風に子供を誘拐したと名乗る者からの脅迫に従って罪を犯すほどに追い詰められていた彼らは、私の何の信憑性もない言葉に縋るしかなかったのだろう。

それは私が出くわした彼らだけではない、子供を誘拐され罪を犯した者達はもっといるのだ。

そして、元々は罪を犯す筈がなかった家族達をそれほどまでに追い詰めた奴らは、今もきっとどこかで優雅に暮らしていることだろう。

「……今の科学では証明できない力を随分長い間探し求めていた。ようやく出会うことができて、正直俺は今、冷静でいると言える自信はない。だが、超常の力が関わる事件の犠牲者達をこうして改めて目の当たりにして、何も悪いことをしていなかった人達が良いように利用される理不尽さは絶対にあってはいけないと思ったんだ。……どうしてでも、どうやってでも、罰せられない存在なんて許してはいけないと思ったんだ……」

異能を持つ私の前で、神楽坂さんは異能を持つ者の犯罪を許さないと断言した。

これから科学では追跡できない事件を追う上で、協力してもらわなければならない相手である私に対して、きっぱりと。

ともすれば敵対することも厭わないと、神楽坂さんは私に対して断言したのだ。

「そして、そんな事件の数々を追うことは俺一人ではどうしようもないともう身に染みて分かっている……分かっているんだ。だから……君にもう一度言葉にしてお願いしたい」

その上で彼は私に頭を下げるのだ。

「――――どうかお願いだ。俺と共に、非科学的な力を持つ奴らが起こす犯罪事件を解決してくれっ……俺は、何の見返りも、何の利だって君に与えられないかもしれないがっ……！」

それでもと彼は言う。

「俺はっ、俺だけじゃ手が届かないそういう事件を解決しなくちゃいけないからっ！」

神楽坂さんのボロボロの感情が、慟哭するかのようにクシャリと歪む。

頭を下げたままでいるのは、自分の今の表情を見られたくないからだろうか。

そんなことを思う程に、彼の心の叫びが私にははっきりと視えてしまった。

彼が言っているのは全部彼一人の事情だ。

過去にどんな事情があろうとも一般人を巻き込んでいい理由にはならないし、そんなことは神楽坂さんだって分かっているだろう。

それでも、そうだとしても。

そんな道理や道徳を蹴り飛ばしてでも、為したいものがあるから、彼に選択する余地なんてなかったのだ。

机にぶつけるかと思う程深く下げた頭をぼんやりと眺める。

三十にも迫ろうかという大の大人が高校生になったばかりの子供に頭を下げて力添えを願い出る。

それはどれだけのプライドを捨てればできることなのだろう。そう簡単にできることではないのだろうということだけしか子供の私には分からない。

人によっては大人げなく、だらしがないなんて考える人もいるかもしれないが……私は神楽坂さんの姿勢は嫌いではなかった。

むしろ、尊敬の念の方が強い。

そんな彼の姿勢に私は敬意を払う。

はっきりと、私も彼の誠意に応えて本音を口にする。

「神楽坂さん、私は警察というものを信用していません。より正確に言うと、私は自分以外の人間のほとんどは信用に値しないと思っています。だから、きっと私はこれからも自分以外の誰かを本当の意味で信用することはありません」

「っ……」

けれど。

「………神楽坂さんは私と出会ってからこれまで、嘘を一つも吐きませんでしたね」

私はそう、思い出すように言った。

「バレないように害のないように、なんて。自己保身ばかりの私と違って神楽坂さんは、ずっと誰かの為に走り回っていました。こんな小娘一人に対してもずっと誠実に接してくれました。超常の力を目の前にしても、ずっと追い続けてきた目の前の超常を捕まえるよりも、私を守ろうと必死になってくれていたことも知っています。自分の死を覚悟しても、私だけでも逃がそうとしてくれたことも知っています。そして、こうして一回りも歳が離れた小娘に対して嘘一つ吐かずに頭を下げるような決断も下せる。それらは何物にも代えがたい、大きな価値だと私は思います」

考えるまでもない。

誰にも打ち明けることがなかった自分の秘密を、この人になら知られても良いと思ったあの時の私の行動は間違いなく本心からのものであったから。

自己保身と打算まみれの小娘だが、この掛け替えのない善人がそれでもと望むなら。

「やりましょう神楽坂さん。この世界に蔓延(はびこ)る異能が関わる犯罪事件を、自分は特別だと世界を見下している奴らを根絶やしにしてやりましょう」

私は私の周囲が平和に暮らせる世の中にするために。

神楽坂さんは科学では追えない犯罪事件を解決するために。

そうして、何もかもが違う私達はお互いの手を取ったのだ。

第九章

画面を通した見えざる声

日本で発生する犯罪件数は重要犯罪に該当するもののみでも年間平均一万五千件を超える。

そのうちの九割強を検挙する日本の警察組織の能力は、他国と比較しても疑う必要がないほど高いもので通常であれば国民から不満が噴出するようなものではないだろう。

実際、よくやっていると言う者が大多数を占めてはいるものの、日々増していっている国民からの警察組織への不信感の背景には、情報が得やすい社会になったことによるものが大きい。

警察に解決できていない事件がこんなにも存在する。

解決できていない事件の被害者はこれだけ可哀想で、事件の凄惨さはどれほどで、もしかすると警察組織の忖度がどこかに存在するかもしれない、なんて。

尾ひれが付くどころか、存在しない尻尾や角さえ付けられた情報が、ネットを通じて多くの人の元へと送り届けられるからだ。

一割に満たない、毎年一％ほど発生する未解決の事件の情報がテレビや新聞で取り上げられ、それらの情報に踊らされる者は少なからずいる。

しっかりしろと、被害者の立場に立てと、声を上げる人達がいる。

広く世界的な視点を持って、人間の性能を考慮して、若しくは科学の限界を知る者なら許容する犠牲、それを許容できない者達が大半だからだ。

――だが、それらの者達を責めることはできない。

なぜなら確かに日本の警察組織にも、不祥事はあって、取り逃がした証拠があって、冤罪だってあって、忖度だって存在している。

清廉潔白などではない、腐敗していないとは言えない、全ての見本などとは到底言えない様な組織だからだ。

汚濁を嫌う性質を持つ彼らは、きっとそんな組織の後ろ暗い部分を嫌う。

信頼から成り立つ警察組織の土台は、微量な不祥事をいくつか明るみに出していくだけで崩れていく。

一国の法治国家における法の執行者が、その国の民から信頼されなくなったらどうなるのか。

正されるものが正されない、法が執行されない国ができ上がる。

国家の攻略は何も武力のみで行うものではない。

真偽不明の情報が垂れ流しで個人に届けられる今、為せる方法はいくつもある。

信頼なんてもので土台を作っている国家の柱など、これほど手折りやすいものはないのだ。

だから私は何度でも言おう。

――この国の壊し方を知っている、と。

「……こりゃまた、随分暴れたもんだなぁ」

現場に辿り着いた若い警察官の第一声。

呆れたような、逆に感心したような色さえあるその言葉は目の前の惨状を作り出したと言われている酔っ払いへ向けた彼の素直な感想だった。

資材やコンテナが並ぶ比較的広さのあるこの場所に、既に多くの警察官が集まり、深夜にあった事件の証拠を探すための検分を行っていた。

「酔っぱらいが暴れて物を壊す事案はいくつも担当してきたことあるけど、ここまで広い範囲で暴れたとなると聞いたことがないぞ……」

放置され、しばらく人の手が入っていなかった倉庫。

非行少年たちの溜まり場として近隣の住民にそれなりに有名なこの場所には、若い警察官も住民からの通報で一度だけ来たことがあった。

その時はまだ整頓されていたように思えたが、今は壊れた家電製品や有刺鉄線、その他諸々の鉄材なんかがそこら中に散らばるという惨状になってしまっている。

酷い状況だが、たった一人の酔っ払いによる傷害事件での産物、らしい。

それも、休日の警察官に対して行われたという暴行は相当なものだったようで、被害者である警察官がしばらく病院通いになることは間違いないそうだ。

いったいどんな力自慢が暴れたのかと溜息を吐きながら、同じように駆り出された同僚と地面に散らばる廃材の中に事件に繋がりそうなものがないかと探しに入る。

「その酔っ払いとやらは三十代の日本人男性で、今は警察署で事情聴取中か。こんな多くのゴミをよくここまで散らかしたもんだ。随分色んな種類のゴミが散乱してるけど、全部この倉庫にあったもの……なんだよな？」

「そりゃそうだろ。この量をどこか別の場所から持ってきたとなると搬送用トラック一台じゃ足りないくらいだ。大方溜まり場にしていた不良達がゴミ捨て場にでもしてたんだろ」

「ああ……なるほど」

同僚の言葉に、以前補導した非行少年達の顔を思い浮かべた若い警察官は苦笑いを溢して納得する。

彼らのような子供達が溜まり場としていれば、玩具代わりに壊れた家電製品を持ち寄っていても不思議ではない。

非行少年達が持ち寄っていた家電製品やゴミの山を、この場に偶然立ち寄った酔っ払いが何かが気に入らず散らかした。

そんな現実的な流れが見え、余計な仕事を増やされた二人は目の前の仕事に嫌気が差して溜息を吐いた。

「悪ガキどもめ……。ここの倉庫の所有者に管理をしっかりしろって言えないのか？　それとも所有者不明とかそういう話なのか？」

「いや、所有者がどうのとかの情報はまだない。……それより被害者の警察官も災難だよな。ただでさえ誘拐事件の関係で忙しいこの時期の貴重な休みに、傷害事件に巻き込まれることになるなんてな」

「ああまあ、そうだな。だが、聞いたところによると、その被害者は例のあの人らしい」

「例のあの人？……ああ、呪いだとか魔法だとか言ってるって噂の？」

「そうそう、神楽坂上矢（かぐらざかかみや）って人な」

それは本人のいない所でよく話題にのぼる人物の名前だった。

警察署内で腫れ物のように扱われ、陰では嘲笑（ちょうしょう）の的になるような、そんな人。

直接話したことはないが、そんな人物が被害者であると聞いて、若い警察官は思わず被害者の方から何か言い掛かりをつけて相手を怒らせたんじゃないかと不安になる。

今の警察の立場は悪い。

例の誘拐事件が長引いていることも考えると、少しでも警察側に不手際があれば、鬼の首を取ったかのように激しい非難をしてくる連中も少なくないだろう。

だから、被害者が神楽坂だと聞いて、怪我の心配や同情よりも不安が勝ってしまった若い警察官の考えは特別なものではなく、この場にいるほとんどの警察官と同じものだった。

そんな考えから苦い顔をしていた若い警察官とは反対に、同僚はふと何かを思い出す。

「あ、でもここに来る前に変な噂も聞いたぞ。その例の神楽坂が、昨日の夜にかなりの数の子供達を警察署に連れて来たっていう話」

「子供達？　なんでそんな子供なんて……。おい、嘘だろ。いくら元が優秀とはいっても、その子供達が誘拐事件の被害者な訳がないよな……？」

「ははは、馬鹿言うなよ。こんだけ大規模に捜査していても未解決の事件を神楽坂一人でどうこうできる訳がないだろ。多分、この場所の傷害事件と情報が錯綜して、変な噂が立ってるだけだろ」

「だ、だよな」

地面に散らばったガラス片や壊れた家電製品の部品を確かめながら、単なる情報の錯綜だと信じて疑っていない同僚に若い警察官はすぐさま同意する。

そうだ、そんな筈がない。

確かに例の警察官が以前は公安に所属していて、今も管轄外の事件に首を突っ込んでは解決するという話を聞いたりするが、今回の件は訳が違う。

警察組織が総力を挙げて取り組む、世間を騒がせる大事件。

それをたった一人の警察官が独力で解決して、被害者の救出までしてしまうなんて到底あり得るような話ではない。

被害者である子供を一人も見つけ出せていない警察組織を置き去りに、たった一人の警察官が被害者達を見つけてくるだなんてあまりに現実離れし過ぎている。

大体この場で酔っ払いから暴行を受け怪我をしたという話はどこに行ったというのだ。

しばらく病院通いになるような大怪我をしたという話があって、この場にはその証拠がいくつもあるのだから、神楽坂には他に事件を解決する余裕なんてなかった筈だ。

だから違う、そんな筈はない。

「……それにしても、ここは本当に信じられないくらいに荒れてるな。本当に一人の人間が暴れた程度でこんなことになるのか？」

……けれどももしも。

自分の目の前にある荒れ果てた光景に対する疑問を口にしながら若い警察官は思った。

……もしも、噂が全て本当だとして。

神楽坂が負ったという怪我が本当で、この場で大きな争いを起こしていて、誘拐された子供達を救助していたなら。

それら全てが昨日の夜に行われたことであったなら、全部が一つの線で繋がるのではないだろうか。

誘拐事件を解決しようと走り回って、何かしらの手がかりを見つけて、誘拐犯とおぼしき酔っ払いに接触して、この場でその誘拐犯と争った、と。

「……ははっ、なんだそれ。馬鹿みたいな考えすぎだろ」

浮かんだ自分の考えを一笑し、若い警察官はそう呟く。

たとえこの場で神楽坂が誘拐犯と争っていたとして、それを伏せる理由はない筈だし、この倉庫が酔っ払い一人暴れただけでは考えられないような荒れ方をしている理由にもならない。

それに、神楽坂が事前に誘拐事件の手がかりを報告しなかった理由も分からない。

それこそ、この誘拐事件が神楽坂の言うような呪術や魔法によって引き起こされたものでない限り辻褄が合わないだろうと若い警察官は結論付ける。

「……とはいえ、誘拐事件がさっさと解決されていた方が良いのは確かなんだが……」

「うおっ？」

「は？　おい、どうした？」

少し離れた所から同僚の驚く声が聞こえ、慌ててそちらに向かう。

怪我でもしたのかと思った同僚は何かを見て立ち竦んでおり、その視線の先を見た若い警察官も愕然とした。

鉄材が立ち並んでいる。

真っ直ぐ直立する形で、鉄材がまるで針山のように幾つも地面に刺さっている光景。

地面を掘り返しでもしない限り、しっかりと固定されるほど深くまで鉄材が突き刺さるなんてことは本来ないだろう。

ただ純粋に暴れたとは思えないような惨状に、何をどうやったらこんなことになるんだと言葉を失っていた若い警察官はもう一つ、あり得ないものを見つけてしまった。

「コンテナに、突き刺さってる……？」

スチールを材質とした非常に強固な輸送コンテナに、白く濁った鉄材が貫通している。一人の人だけではとか、力任せに暴れるだけではとか、そんなレベルではない。物理的にありえない状態を目の当たりにして、若い警察官は息を呑んだ。

「こ、こんなのが本当に酔っ払い一人に……？」

伝達された情報とは辻褄が合わない目の前の光景に、若い警察官は思った。

情報が正しくて、たった一人が暴れた結果こんな風に倉庫が荒れているのだとしたら。この場で神楽坂が争った相手は少なくとも、自分達が知る科学で推し量れるような相手ではないんじゃないか、と。

数時間後、神楽坂の手によって『連続児童誘拐事件』が解決されたことを知り、彼のその考えはより現実味を帯びていくのだった。

連続児童誘拐事件について語るスレ part98

899 **名無しの傍観者**
で、結局この事件はなんなんだよ
半年かけて誘拐された子供達全員が一夜にして
親元に戻るとかどうなってんだ？
犯人は？目的は？手段はなんだったんだよ？
警察もメディアもほとんど情報を流さねぇし、
意味わかんねぇ…

900 **名無しの傍観者**
>>899
警察はよくやっただろうが、実際被害者が無事
に戻ってるし、捜査だって俺らが考えてるより
ずっと多くやってる
お前みたいな考えなしに批判しかしないような
奴よりか全然一般市民の平和に貢献してる

901 **名無しの傍観者**
もう喧嘩するのやめろよ
とりあえずは無事に事件解決したんだからこれ
で終わりでいいだろ

902 **名無しの傍観者**
今北産業
荒れすぎてない？どういう状況？

903 **名無しの傍観者**
>>899
誰も分かんねぇよ
とりあえず、氷室区の警察官が優秀ってことだ
け分かった

904 **名無しの傍観者**
>>902
今朝誘拐されていた子供達二十三名が親元に
帰ってきた
犯人、目的、手段が結局発表されなくて、警察
が事件を解決できなかったんじゃないかと言い
争い開始
あとはいつも通り、警察批判側と擁護側で言い
争い中

905 **名無しの傍観者**
>>902
事件解決
未解明部分多数
世間批判多数

906 **名無しの傍観者**
氷室区での昨日の逮捕なんて、そんな大きなも
のでもなかった筈だから、警察が結局何もでき
なかったんじゃないかっていう推測は間違いで
は無いんじゃね？

907 **名無しの傍観者**
夜に警察官に暴行した馬鹿を逮捕した事件なら
あったぞ
鉄材ばら撒かれたみたいで、大掛かりな回収作
業が近くの廃倉庫でやられてた

908 **名無しの傍観者**
なんだその事件？
関連性があるのかないのか分からん

909 **名無しの傍観者**
氷室区は修羅の国じゃけえ

910 **名無しの傍観者**
最近訳の分からない犯罪増えてたもんな
警察の方はご苦労様です

911 **名無しの傍観者**
>>905
しかし、子供達が帰ってきたってことは誘拐事
件は解決ってことでいいのか？

犯人が捕まってないならまだ続くのか？
うちの子供、大事をとって学校休ませてるんだけど、もう大丈夫なんかな？

912 **名無しの傍観者**
俺、氷室区の駅から離れたところに住んでるんだけど、昨日の夜は霧が突然発生するっていう異常気象も起きてたし、正直気味が悪い
こうやって色々重なるとまたオカルト板の奴らが出張してくるかもな

913 **名無しの傍観者**
オカルトなぁ……俺もこんな状況ならそっちを考えちゃうわ……

914 **名無しの傍観者**
事件については情報が少なすぎてほとんど分からないが少なくとも分かることが一つある、警察と政府は何かを隠してるってことだ

915 **名無しの傍観者**
ともあれこれ以上情報が出ないなら、事件も終息したわけだしこのスレも終わりか

916 **名無しの傍観者**
このスレで終わりかね？
子供達が帰ってきてめでたしめでたしでお終いにしとくか

917 **名無しの傍観者**
まあ他の国、特に発展途上国なら子供が少しいなくなるくらい普通だろうし、戻ってきて良かったわ

918 **名無しの傍観者**
なによりも報道でこの事件だけ取り上げられることもなくなると思えば嬉しいわ
テレビで見るのも飽きて来てたし

第十章

はじめての犯罪捜査

この世は想いに満ちている。

それが悪性か善性かの違いはあれども、世界を満たしている人の想い。

それこそが人間社会をまわすエネルギーだ。

より良い生活のために、より良い快楽のために。

そんなことを追求するから人の技術は進化していくし、そんなものを追求するから争いが生まれていく。

良い方にも悪い方にも転ぶから、一概に必要かどうかなんて断言はできないけれど、今この時に限っては、はっきり言えることがある。

神楽坂(かぐらざか)さんの持つ想いの強さは、執念(しゅうねん)深くめんどくさい。

より具体的に言うと、休日の朝から人を喫茶店に呼び出してくる程度に、である。

「……おはようございます」

「おはよう。悪いな、休日に時間を取ってもらって」

「いやまあ、近くで例の力を使った犯罪が起こっていたかもしれないならあんまりダラダラしてもですし……それにしても凄いものを持ってきましたね」

「ん、ああ、俺が勝手に詳細を纏(まと)めた資料だから、どこかに迷惑が掛かったりはしない。勿論(もちろん)駄目なことだが、未解決のままでいるよりもずっと良いからな。何かあった時の責任は取るさ」

休日の神楽坂さんとの待ち合わせ。

学生の身である私と比べてより忙しい筈の神楽坂さんだが、異能と呼ばれる非科学的な才能への知見がある私に幾つか事件の詳細を見てほしいと、私の都合を調整し、文字が一杯書かれたレジュメのようなものを用意してきていた。

枚数的にはそこまででもないが、これを一枚作るのも、読むのにも相当の労力を必要とするだろう。

ただでさえ忙しい身である筈なのにこんなものを作って来るなんて、とんでもない執念である。

本当にこの人はいつ寝ているんだろう。

一方で、まだ一枚も確認していないのに既に若干げんなりし始めていた私は、用意された資料から数日ぶりに見る神楽坂さんの顔へと何気なく視線を移して、とある変化にふと気が付いた。

「取り敢えず今日は最近の未解決事件を幾つか纏めてきたからちょっと見てほしいんだ。俺の予想ではこの中に数件異能の関わるものが――」

「……ん？　あれ？　神楽坂さんのおじさんっぽさが減ってる気がする……あ、髭を剃ったんですね。小汚いって上司の方に怒られたんですか？　確かに神楽坂さんが働いている氷室署はここ最近注目されていて報道の取材とかありそうですもんね。前までの神楽坂さんはなんていうか、不健康感がありましたし、妥当ではありますか」

「――あるんじゃないかと……な、なんだって？」

私の言葉に、文字が一杯書かれた資料を渡そうとしていた手を止めた神楽坂さんが、鳩が豆鉄砲を喰ったような顔をしてから、激しく反応した。

「あっ、会って早々とんでもなく失礼なことを言う子だな君はっ⁉　正直なのは良いことばかりじゃないんだぞ⁉　社会には本音と建前というものがっ……いやっ、そもそも不健康そうだったのは誘拐事件がらみを解決しようとちょっと無理をしていたからでだなっ……！　事件が一段落して余裕ができて、君にこうして会うのなら身だしなみは整える必要があると思ったから、最低限のマナーとしてなっ⁉」

「おっと？」

予想してなかった神楽坂さんの反応。

私だって誘拐事件の関係で神楽坂さんがいかに忙しかったのか想像できない訳ではないし、身だしなみが疎かになっていたとしても仕方なかったのだろうと思う。

だから、神楽坂さんの変化に気が付いた私の何気ない軽口程度そこまで気にするようなものでもないと思うのだが、当人としてはやけに気になるのか早口でそう言い返してきた。

そんな反応をされるとなんというか……ちょっとだけ面白くなってしまう。

我ながら意地の悪いニヤーとした笑顔を浮かべている自覚をしつつ、私は口元を引き攣らせた神楽坂さんに対して煽りに走る。

「うぷぷ、なんですか神楽坂さん。言い訳はみっともないですよ？　いや、分かりますよ。仕事ばっかりに集中しちゃうと身だしなみを疎かにしちゃうんですよね？　昔、私のお父さんもその気があって、私が何とか整えさせたこともありましたからね。うんうん、そうなっちゃうんだろうなってことは分かりますよ。私ってそういう理解はあったりしますからね」

「ぐっ……⁉」

「でもでも、やっぱり清潔感は大人として最低限のエチケットだと思うので今のさっぱり身綺麗になった姿は維持した方が良いと思いますよ。こっちの方がおじさんっぽくなくて格好良いと思いますし。うぷぷぷぷっ」

「…………」

動揺する神楽坂さんの姿に思わず軽口が弾んでしまう。

私としてはとっても楽しい訳だが、そんな私の煽りの標的となった神楽坂さんは当然ながら全然楽しくないようで、次第に口を重く閉ざしていき、気が付けば無言になってしまっていた。

怒ってはいないが、イラッとはしている神楽坂さんの心を読み、私はハッと正気に戻る。

「うぷぷっ……あ、あー……」

「……言っていることは間違っていないから、俺は別に良い。だが、あんまりそういう人を小馬鹿にするようなことは言うべきじゃない。きっと頭の良い君は俺が言わなくても分かっているとは思うが、人を怒らせて良いことはそうないからな」

「うっ……す、すいません。その通りです」

普通に叱(しか)られてしまった。

しかも感情的にではなく、淡々と悪い部分を指摘するような形で。

まるで手の焼ける小さな子供に対するような神楽坂さんの叱責(しっせき)に、調子に乗りまくっていた私の気持ちが一気にしょぼくれていく。

「ううぅ……」

「……いや、別にそこまで気にすることはないと言うか……ああいう態度は仲の良い相手だったら良いんだろうが、知り合って間もなかったりする相手、特に年上や目上の人なんかに向けるのは社会の常識的に良くないものだろう？　俺は君に助けられている訳だからそこまで気にする必要はないが、気にする人は気にするだろうから、これからは少し気を付けるのが良いと思う程度でだな」

「自分でも少しだけ調子に乗りやすい所はあると思っているんです……」

「少しだけ……？　いや、まあ……悪い。君があまりにも落ち着いているものだから、警察の後輩と話している感覚になっている部分があった。高校一年生だったらそれくらい仕方ないさ。これから学んでいけばいい、頭の片隅に入れておくだけで大丈夫だ」

「気を付けます……」

しょぼしょぼと肩を落とす私の様子を見た神楽坂さんは、困ったように頭を掻きながらもそうやって優しくフォローしてくれる。

やっぱり神楽坂さんは良い人だ。

器と度量の大きさを実感させられる大人な対応。

まるで大人とはかくあるべきを体現するような神楽坂さんの姿には、立派なお姉さんを目指す私としては学ぶべきところが多々あると思う。

ただ気のせいかもしれないが、最初に話し始めた時に比べて神楽坂さんの私に向ける視線が【頼りになる未知の相手】から【親戚のポンコツ】になっている気が……。

「さて、そろそろ話を進めていいか？」

「そっ、そうですね！　せっかく持ってきてくださった資料を見ないとですもんね！」

神楽坂さんの本題に戻す提案に頷き、私は神楽坂さんが持ってきてくれた資料に慌てて目を通し始めた。

異能の関わるような事件なんてそうあるものではないと思うが、せっかく神楽坂さんが選別してきてくれたのだから自分のそんな思い込みはできるだけ排除するようにして、事件の詳細を一つひとつ確認していく。

難しい顔をした神楽坂さんが、私から返された幾つかの資料を脇に除ける。

そしてやっぱりまだまだ諦めていない様子の神楽坂さんは、私が確認していない最後の一つの資料をすぐさま差し出してきた。

「次は、これなんてどうだ？　轢き逃げ事件で、被害者がいるものの逃げた車両がいつまで経っても出てこない。目撃証言はいくつもあるのに、証言の車両が一つだって出てこないんだ。この事件は異能が絡んでいたりは」

「あー……」

これで四枚目となる事件詳細。

次なる一枚物の資料を私に手渡して、事件詳細を口頭でも説明した神楽坂さんの期待を孕んだ目に少し怯みつつも、私はその資料を軽く読み断言する。

「えっと、はい。やっぱり全然関わってないですけど、まさかこの事件も未解決なんですか？」

「……そ、その確信はどこから来るんだ？　事件概要しか見てないのにどうしてそんなに断言できる？」

「いえ、事件概要とそれを理解している神楽坂さんの思考を読み取ればおおよその詳細は摑めますし、その上でこの程度の非科学的要素では異能は少しも関わっていないと自信を持って言えます」

「い、いやそれでも現に警察が捜査能力を駆使してなお解決できていない事件だ。君の力に疑いを持っているわけじゃないが、書面を見ただけでここまではっきり違うと言われてもだな」

「…………」

なおも嚙みついてくる神楽坂さんに、口を噤んだ私は何というべきかと頭を悩ませる。

これは、というものを神楽坂さんが選別して私の元へと持ってきてくれた訳なのだが、彼が持ってきた四つの事件は幸か不幸か、何の変哲もない普通の事件ばかりだった。

（別に異能の関わらない犯罪事件を解決するのが嫌っていう訳ではないけど、わざわざ私が関わる必要のない危険なことに首を突っ込んで〝紫龍〟の時みたいな派手な異能使用はしたくないしなぁ……）

私だって別に、初めての協力者である神楽坂さんとこんなことで言い争いになりたい訳ではない。

だが、私が関わる必要のない事件に関わって色んな人に顔を知られるのも、異能を知られる危険を冒すのも、極力なくしたいというのは紛れもない私の本音だ。

勿論、世間に悪意を持つ異能持ちが関わる事件であれば私としても放置しておけない。

特に、先日まで起きていた誘拐事件に関わっているようなものであればなおさらで、神楽坂さんと協力してその事件を解決するのもやぶさかではない。

だが、それ以外の普通の事件にまで対応する義理は私にはない筈だ。

私は別に、この世の全ての犯罪を裁いてみせると意気込むような正義感溢れる少女ではないのだ。

困ったような顔で腕を組んで、私が異能なんて関わっていないと断言した資料をじっと見つめている神楽坂さんに対し、私は「それに」と資料を指差しながら異能が関わらない別の根拠を提示する。

「そもそも異能を持つ人なんて世界的に見ても滅多にいるものじゃないんです。正確な数は分かりませんが、一つの国に十人もいればいい方なんじゃないですか？　だから、解決できない事件に何でもかんでも異能が関わっているなんてある筈もないです」

「それは……そうかもしれないが……」

「結構大きな日本でも碌に異能について把握されていないんですし、実際に犯罪に使えるくらいの有能な異能持ちが犯罪に関わるメリットも少ない。むやみやたらに事件を漁ったって、異能持ちが関わっているものを引くのはかなり低い確率だと思いますよ」

「…………なるほど」

私だってブイブイ言わせていた中学時代ですら他の異能持ちと直接対峙することはなかったし、なんならこの前の〝紫龍〟との一件が初めての異能持ち同士での戦いだったりする。

そのせいで極度に緊張してしまい、劣勢になった時はちょっと泣きかけたが……それくらい異能持ちの人間は珍しいし、異能持ち同士がやり合うなんて普通はありえない。戦国時代に天下統一でも目指してれば話は違うのだろうか？

そんなことを言って気楽にパフェを突く私とは反対に、神楽坂さんは難しい顔をする。

「だが、実際君も見ただろう、誘拐された子供達がいた場所を。残っていた資料や証拠ではどんな研究をしていたのか判明しなかったが、あれだけの子供を収容していたあの場所はまるで……研究所のようだった。あれだけの設備、それを運営するだけの人脈。そして〝紫龍〟と呼ばれる異能持ちが協力していた組織だ、目的は分からなくとも多くの異能が関わっていることは間違いない。そしてそれは国家転覆規模の大きな目的を持っている可能性が高い」

「……ちなみに私は勧誘とかされてないです」

「ああ、それは安心した。奴らは君のことを把握していないということだろう」

「まあ。私、凄くコソコソとしてきましたし」

「ともかく、だ。そんな大規模な設備を有する集団が誘拐事件だけで終わっている訳がない。そうなると、俺としては可能性があるものは一つでも探っておきたいんだ」

「それは、まあ、そうですけど……」

誘拐事件を解決し、まだ見えぬ組織へ打撃を与えたあの夜。

時間を置かずに子供達を捕らえている場所に突撃した私達だったが、そこに残ってい

たのは見るからに深い事情を知らない下っ端と被害者である子供達のみで、有力な資料はほとんど残っていなかった。

どの段階で私達の攻勢が相手方に勘付かれたのか。

情報伝達が優秀か、予知に関する異能を所有しているのか、それともその両方か。

私達が一方的に打撃を与えた半面、いまだ全貌が見えないこの相手は酷く厄介だと思い知らされることとなった夜でもあったのだ。

あの暴行男のいた会社も周りにいた奴らも、尻尾切りできる程度の奴であったようで、組織の核までは辿り着くことができなかった。

あくまであいつらは、日本における誘拐事件を任されていただけの存在だったという訳だ。

つまるところ、組織の規模や相手が何を目的としているのかすら、今の私達は摑めていない。

「正直、君が敵側にいないという点には感謝しかない。君のような子が敵にいたらと思うと、ぞっとする」

「まあ、人の心を読めるのなんて厄介極まりないですよね。でも、私は基本人畜無害なんですよ？」

「……それで話を戻したいんだが」

「え、その間はなんですか……？　う、嘘でしょ全然信頼されてないんですかっ……⁉」

そもそも勧誘を受けたところで、平和に日常を謳歌したい私は二の句も告げさせず断った上で、それ以上追跡できないように私に関する情報抹消に勤しんでいただろう。

私の擬態が上手くいっていたのか、それとも取るに足らない雑魚異能と思われたのかは分からないが、その組織からのコンタクトは今のところ受けていない。

仲間はずれにされてる感はあるが……まあ、そんな勧誘なんてない方が良いに決まってる。

話を元に戻すことにする。

「はぁ……例えばです。この事件、轢き逃げですか。これが起きた場所はここからすぐ近くの道路ですけど、発生した時間は一か月前の夕方頃。通行人も少なくなくて、目撃者だって同じです。要するに、大勢の人が人を轢いた車を認識しているんです。車両って一つひとつ登録やらなにやらされてますよね？　車の番号とか分かれば持ち主が誰かくらいは分かるようになっていますよね？　それでも目撃証言に合わせて調べても、持ち主が出てこない。つまり、特定された車が間違っているか、登録の方に問題があるかのどちらかになる訳です」

神楽坂さんが目を白黒とさせているが関係ない。

このまま言い切ってしまう。

「この事件を異能で誤魔化すには、そもそも登録されていない車自体を作るような力を持っているか、大勢の人の認識を誤魔化すような大きな力を持っているかの二つになります。前者は、そんな力があればそもそもこんな突発的な事件で発覚するようなものではなく、裏取引などで出所の分からない物が出回っていると話題になる筈で、後者は、そんな大きな出力で異能を使えば近くに住んでいる私が絶対に気が付く筈だからです。よってこの二つの可能性はありません」

異能を使えば異能を持っている人はすぐに気が付く、という訳ではないが、少なくとも多くの人を惑わすような大きな出力のものを、探知型の異能である私が見逃す可能性はないに等しい。

そこまで説明しても神楽坂さんはまだ納得がいかないようで噛みついてくる。

「ま、待て。そこまで不可思議な点があって異能が関わっていないなら、なぜこの事件は全く進展がないままなのかっ、それがおかしいだろう⁉」

「そんなの簡単です。それなりの金と権力を持った奴が、登録されているリスト自体を消したか、調べる側の警察官に便宜(べんぎ)を図ってもらったか、それで終わりです」

「ば、ばかな……そんなこと……」

「ないとは言い切れないでしょう？　神楽坂さん、結構そういう後ろ暗い事情を見たことがありますもんね」

「――――……」

汚いものを見つけた潔癖症のように、神楽坂さんは顔を暗くする。

ベテランの警察官はこういうのには慣れていると思ったのだが、そうでもないのだろうか。

ここまでで手元にあるこの事件が異能の関わらないものだと説明をし、協力する気がないという姿勢を見せた。

しかし、いくら説明して私だけで確信していても、そう簡単に納得できないのも事実だろう。

……私達はお互いにお互いの理解がないまま協力できるような関係ではない。

多少の譲歩は私にも必要だろうか。

「むう……私も神楽坂さんのことを知らないように、神楽坂さんも私のことは全く分からないですもんね。私の確信に疑問を持つのは当然ですか……仕方ありません。能力のアピールを兼ねて一つ事件を適当に解決しましょうか」

「……適当に解決って……事件を少し甘く見すぎていないか。言っておくが、警察が真剣に捜査して解決できていない事件だ。人よりも少し優れた部分があろうと、そう簡単にどうにかなるものではないぞ」

「神楽坂さんこそ、私達、異能持ちのこと甘く見すぎていませんか？　あれだけ一方的にぼこぼこにされていたのにまだ懲りていないなら、正直付ける薬はないと思うんですけど」

「ぐっ……君は遠慮なく痛いところを突くな。だ、だがな、正直まだ君がどの程度までできるのか分からない部分が多くてな。協力を願い出た身としては君の安全は最重視したい。俺としては無理はさせたくないんだ。それに異能というものに対する理解が及んでいないんだよ。今君に教えてもらった異能持ちのおおよその数も初めて知ったし、先日捕まえた〝紫龍〟とやらの力も今なお煙を使う以外分からない部分ばかりだからな」

私の身の安全を考えてくれているらしい。

私としてはありがたいが警察官というのはそういうことまで気を遣わなくてはいけないなんて、大変だと思う。

「そういえば捕まえた〝紫龍〟は何か手がかりになるようなことを吐きましたか？」

「なんにも。傷害でしか逮捕できなかったからあまり変な方向から強く問い詰めることもできなくてな……正直、異能という力の詳細も君頼りなんだ」

「むむむ……仕方ありません」

ここはひとつ、異能について少し知ってもらうべきか、なんて考える。

今後協力して異能の関わる事件を解決していく上で、私の異能に対する認識と、神楽坂さんの持つ異能に対する認識はある程度擦り合わせる必要があるだろう。

だから、「明確に根拠のあるものでもなくて、あくまで私が調べただけの異能に対する情報ですが……」と前置きしてから、私は自分の頭にある異能の情報を言葉にしていく。

「先ほども言いましたが、異能というのは本当に一握りの人間の生まれ持った才能で、現象として発現させるまでとなるとさらにその数は少なくなるんです。潜在的な才能を持ちながらも、それに気が付かないままその生涯を終えるなんてこともザラにある訳ですから、自分の異能を扱えるまでとなると何十万人に一人程度の割合まで落ち込むと思います」

私が異能についての話を切り出したことに神楽坂さんは少し驚いたように目を見開く。

私があまり異能について情報を話すのは嫌なのだろうと思っていた神楽坂さんとしては切り出し辛い話題だったのだろうが、神楽坂さんとしても一番話したかったのはこの話の筈だ。

今もどこまで聞いて良いのかと言葉を迷わせている律儀な神楽坂さんに対して、私は軽く手で気になることを聞いて良いとジェスチャーして返答を促した。

「……なるほど。予想はしていたがそこまで数としては少ないのか。それは何となく納得できるが、その……異能の才能とやらは血筋や家柄が関係したりはするのか？　それか、異能を持つか外見だけで判断できる部分があったりはするのか？」

「神楽坂さんが言いたいことは分かります。要するに異能を持つかどうかの判断基準を知りたいんですよね？　ですが残念ながら、異能持ちだと外見だけでの判断は不可能で、家柄や血筋も恐らくほとんど関係ありません。私が知る限り、私の遠方の親戚にも異能を持つような人は一人もいないですから」

「……そうか」

少しだけ気を落とした様子を見せる神楽坂さんだが、それを気にせず私は続けて異能に対する認識を伝えていく。

「次に異能の種類についてですが、これは本当に千差万別で個人差があります。先日倒した〝紫龍〟の異能が煙を作り出し操ることでしたが別にあれが異能の基本という訳ではなく、火を扱う異能もあるかもしれませんし、瞬間移動するような異能の可能性もあります。かくいう私も〝人の精神に干渉する〟なんていう力ですからね」

「つまり……武器を持っているか分からず、どんな武器を持っているかも分からない。銃が出てくるかもしれないし、刀が出てくるかもしれないし、爆弾が足元に置かれているかもしれない。言い方は悪いだろうがこういう訳か」

「随分独特な例えですが、まあ、その認識で間違いありません。ですが、同じ異能持ちという事を外見だけで判断することはできません。先ほど言ったように異能持ちであれば異能の出力、エネルギーみたいなものですね。これを感知することは難しくないんです。異能持ちであれば相手の体から漏れる異能の出力というものを感知できて、異能を持っているだろうという判断ができます。が、出力だけで異能の種類を判別することはできませんので、同じ異能持ち同士でも対峙するだけでは相手がどんな異能を持っているか分からないということなんです」

異能持ちなら異能持ちを判別できる。

私の話したその言葉に、神楽坂さんは少しだけ活路を見出したような顔をするが直ぐに渋い顔をする。

異能持ち同士、お互いが相手の出力を感知できるなら、極論を言ってしまえば〝死〟を操るような異能を持った相手がいた場合、私が為す術なく倒れると思ったようだ。

だがまあ、その点はそこまで心配する必要はない。

「大丈夫です神楽坂さん。私、異能の扱いには自信があるんです。〝紫龍〟が私と対峙しても私を同じ異能持ちだと判別できなかったように、私は自分の異能の出力を完璧に制御しています。その上私の異能の〝精神干渉〟は認識の阻害を強みとしているんです」

一つ曲芸でも見せつけよう。

そう思い、私は十円玉を財布から取り出して彼に見せた。

「神楽坂さん、見ててください。今私の手のひらの上に硬貨がありますね？」

「それは見たら分かるが……もしかして、力のデモンストレーションでもしてくれるのか？」

「そういうことです。しっかりとこの硬貨から目を離さないでくださいね」

ピンッと、テレビで見る手品師のように宙高く飛ばした硬貨は、クルクルと回転しながら宙を舞い、かっこよくキャッチしようとした私の手をすり抜け地面に落下した。

「あ──」

唖然とした顔になった神楽坂さんを見ないようにしながら、私は落ちた硬貨を慌てて拾った。

「さあ、どっちの手に硬貨があるでしょうか？」

「君のメンタルは強靱だな⁉」

何を言っているか分からない。

それに、ビックリするからいきなり大きな声を出すのも控えてほしいものである。

「いいから、早く答えてください。ほら、ほらほらほらほら」

「くっ……拾う場面がしっかり見えていたんだから間違えるわけがないだろう。右手」

正解だ。

渋々答えた神楽坂さんの回答に頷く。

それに対して神楽坂さんは一切喜びを見せない、当てたんだから少しくらい喜んでもいいのに。

それで、とせっかちな神楽坂さんに先を促され、反応の薄い彼に私は本命の質問をすることにする。

「正解です――では、私の手の中に収まっている硬貨はなんですか？」

「は……？」

「最初に見せましたよね、私が握った硬貨の種類を。一円か五円か十円か五十円か、百円でも五百円でも良いですよ。何だったか覚えていますよね？」

「そんなの百円玉だろう？」

「いいえ、違います」

聞くまでもないだろうと面倒そうに答えた神楽坂さんの回答に私は首を振る。

右の手のひらを開いて、そこにある十円硬貨を見せた。

「私が投げたのは十円玉ですよ」

「────は？」

最初に見せた時と全く同じ構図で、見間違えるはずもなかった状況だ。

一瞬呆然とした神楽坂さんは、目を見開いて身を乗り出した。

何度見ても、私の手のひらにある硬貨は変わらない。

「ば、馬鹿な。俺は確かに、百円玉を見た筈だ……」

「意識を硬貨の内容から逸らしましたよね？　硬貨の行き先だけに意識を向けましたよね？　私の力は人の精神に干渉すること、意識外の認識を別のものに誘導することくらいならほとんど労力を掛けることなく簡単にできます」

「……以前君の家に押し入った男が無力化されていたのは」

「ええ、これを使って、彼の認識を書き換えました。今は真面目に、改心して、別人のように精力的に働いているんじゃないですかあの人……ふふ。で、こんな感じで自衛はできますし、ちょっとした攻撃手段もあるので私に及ぶ危険はそれなりに回避できると思いますよ」

「…………」

「あっ、ちょっと、黙らないでくださいっ。言っておきますけどこれほんと子供騙しみたいなもので！　誤魔化すことに特化しているだけで武器で殴られれば普通に一発で動けなくなる程度にひ弱なのでっ……！　ほんと調子に乗れるようなものではないのでお願いだから過信はしないでくださいお願いしますっ」

険しい顔をして黙った神楽坂さんに、ほんの少しだけ不安になる。

まさか、こんな便利な力なら自分の身くらい自分の力で守れとか言い出さないだろうか？

そんな無責任なことを言う人ではない筈だが、最初にからかい過ぎたという自覚もあってちょっと焦ってしまう。

「……なるほど。異能についても、君の力についても、ある程度は理解できた。感謝する」

「あ、はい。まあ、私としても分かっていただけたなら何よりです」

不穏な空気を何とか誤魔化すために、説明を終えて本題に入る。

「では、未解決事件を一つ解決してみせましょう。やっぱり詳細を最後に聞いた轢き逃げ事件が良いですか？　確かに悪質なもののにおいがしますし、ここら辺が良いですかね？　神楽坂さんはどう思いますか？」

「好きにしてくれ……」

「ふふふ、ここからちょちょいと事件を解決して、さらに他の人との格の違いを見せてあげますから楽しみにしててください。それはもう大船に乗ったつもりで」

「……ふう、そうだな。そうさせてもらおうか」

――――そんな流れで神楽坂さんの許可も貰い、私のはじめての犯罪捜査が始まった訳だ。

今日一日で解決してみせようと、私は意気揚々と神楽坂さんを連れて街中に繰り出した。

まずはこの前の〝紫龍〟の時と同じように、事件現場に手を付け、周囲一帯の通行者の思考を軽く読みながら近くを歩き回った。

次に、情報を握り潰したであろう人を探すために、担当した警察の部署の人達にこっそりと近寄り、気付かれない程度に探りを入れたりもした。

そうやって色々と手立てを考え、私の思いつく限りの手を尽くして、時間にしておよそ四時間とちょっと尽力した訳である。

そんな私の試行錯誤の結果、色々と時間をかけて情報を仕入れたものの、とうとう犯人に辿り着く決定的な情報は何も出てこなかった。

まあ、何の成果も得られなかった訳である。

「……あれ？」

「あれ、じゃないが」

日が落ち掛けている空を見上げ呆然としている私に、神楽坂さんが呆れた声を出す。自信満々だった私に日が暮れるまで振り回された神楽坂さんは疲れたような顔で私を見ていた。

「さっきまでの自信はどうしたんだ。まさか分かりませんとは言わないよな？　まさか、自分はレベルが違うんですみたいなことを自信満々に言ってたのに、何も分かりませんでしたとかないよな？」

「い、いえ、ここからですし？　ここまで調べた場所では有力な情報を得られないという情報が分かりましたし？」

「それは……まあ、大切だな」

「ですよね⁉　事件の捜査は地道な情報収集からって前にテレビで見たことあります！　目に見えた成果ばかりが出てくるようなお話は、今時ドラマでだって中々ないですからね！　つまりここから、これまで集めた情報から導き出される最良の手を考えて実行するのが大切だと思う訳です！　はい！」

「ほう、それで次なる一手とは？」

「えっと、えっと……び、ビラ配り、とか？」

「…………」

神楽坂さんの目が死んだ。

私とお揃いである、わーい。

世間一般的には大人が寝るにはまだ早い時間帯。

人相の悪い二人の男が指定時間通りに消灯された空間で、欠伸混じりの会話をしていた。

「ああ、かったりぃなこの豚箱の中での生活はよ」

「へへ、でも兄貴は流石っすね。こんな状況なのに平然としてる。肝の据わり方が俺らとはチゲーっすよ！」

「ふ。まあな、ここで過ごすことになるのももう三度目だからな。三度目の正直ってやつだ。何か分からねえことがあれば俺に聞け」

「流石兄貴っ！　かっこええ!!」

品性も知性もなさそうな会話であるが、当の本人達は楽しそうである。

とはいえ、馬鹿話を交わしている彼らの声量は到底周りを考えたものではなく、当然のように彼らの監視者が声を聞き付けて早足でやって来る。

「はははは！　なんたって俺はそこら辺の犯罪者とは比較にならねぇ大悪党だからな!!」

「────うるせぇぞボケナス共!!　そんなに喋りたいなら取調室で好きなだけ喋らせ

てやろうか⁉」

「す、すいやせん……」

　檻（おり）の中で騒いでいた大男達が大きな体を小さくして大人しくなる。

　担当官が苛立（いらだ）ち混じりに鼻息を荒くして去っていくのを確認し、二人は汗を拭（ぬぐ）った。

「こ、こええ。ここの看守まじヤクザっすよ。ねぇ兄貴、昔から看守ってあんな感じなんすか？　あんな態度なの外に漏れたら相当問題になるんじゃ……？」

「……いや、昔はもっとやばかった。今は大分マシになった方さ。それに今の奴はただ虚勢を張ってるだけだった。一人暴れれば何の対処もできない平和ボケ野郎さ」

「な、なるほど！　流石兄貴！」

「だが、逆らうのは得策じゃねえ。今は大人しく静かにしておこうか」

「きっちり未来も見据えているんすね。やっぱり兄貴はちげえや！」

「……おい、アンタら。本当にうるさいから少し黙っててくれ。こっちは早く寝たいんだ」

　無機質な施設内がまた騒がしくなり始めたのを好まなかったのか、別の檻に入れられている者から声が掛けられた。

　能天気な会話をしていた二人だが、警察に捕まるほどの犯罪を行った者達でもある。

　そんな水を差すような言葉を吐いてくる奴にはそれ相応の対応をしようと血気盛んに、檻に掴みかかり怒声を上げようとして、声を掛けてきた相手を見て顔を青くする。

「な、なんだ……あんたもここに入れられてたのか〝紫龍〟」

「チッ……」

不機嫌そうな舌打ちが、向かいの檻から聞こえて男達は震え上がった。

無法の行いを数々やってきた男達だが、そんな彼らでも逆らえぬ生物の法というものがある。

強さだ。

古くから続く絶対的なその格差は、なによりも上下関係を決める指針となり、そして容易く(たやす)は覆しがたい壁を作り続けている。

同じ仕事を請け負い、多少なりとも関わりがあった彼らは〝紫龍〟と呼ばれる男の恐ろしさをよく知っていたし、自分達がいかに武器を手に入れたところで敵わないことは理解していた。

しかし、だからこそ男達は分からなかった。

「アンタほどの力を持った奴も捕まるもんなんすねー。いや、世の中分かんねぇもんだなぁ」

「ばっ、馬鹿！　すいやせん〝紫龍〟さん、あんたの力を侮(あなど)ってる訳じゃないんでさぁ」

「……くそ忌々(いまいま)しい。黙ってろ」

「ひぇ」

〝紫龍〟は腹立たし気に懐をあさる動作をするが、当然求めていたものはない。そもそもソレがあればこんな場所からはとっくに逃げ出しているのだ。

「ッッ……あんの忌々しいクソガキがっ……」

苛立ちをぶつける様に吐き捨てたが、実を言うと最後の瞬間をよく覚えていない。

だからあの場所で、完全に優位に立っていた筈の自分がなぜいきなり意識を失うことになったのか全く分からないし、あの警察官や少女がなにかをしたという証拠もない訳だが、彼らに怒りをぶつける以外に適当な奴がいないのだ。

（なんで俺が負けたんだっ？　異能を持つ俺が、なんで何も持たないあんな奴らにっ……）

ここに押し込められてから考えるのはそんなことばかり。

激しく傷つけられた自尊心と誇りが、燃え立つ火炎のように胸の中で渦を巻いている。

（あの警察官の男も腹立たしいが、何よりムカつくのはあのクソガキだ！　自信過剰なだけかと思っていたが、ウロチョロと俺の異能による攻撃を予知したように躱しやがって……！　全く異能の気配を感じなかったから、俺と同じように異能を持っているってことはないと思うが……）

異能を持たない身で自分を相手し続けた死んだ目の少女を思い出そうとして、いや、と〝紫龍〟は首を振る。

これ以上忌々しい彼らを思い出していても自分の状況が好転する訳ではない。

であるなら今考えるべきなのは、どうやってここの脱出に必要な物を、自分の異能のトリガーとなる物を入手するかであると思い直した。

（ともあれ、早く煙草を手に入れてここを脱出しねぇと。大丈夫だ、こいつらは俺の力を全く信じちゃいねえ。あのクソ警官が何を吹き込んだかは知らねぇが、やっぱり周知はされてねえみたいだ。なんとかおこぼれを貰う形に持っていければ……？）

留置場の重苦しい空気の中、カツン、と檻の並ぶ通路に響いた高級そうな靴の音。

不審に思った〝紫龍〟が息を潜め、そっと檻の隙間から外を窺えば、厳格そうな顔をした男が部下や先ほどの担当官を引き連れて、品定めするように檻を覗いて歩いていた。

恐らく警察官僚。

だが、どう見てもこんな夜中に来るような階級の奴ではない。

（なんだありゃあ……）

「へ、へへ、それでこんなところに何の用でしょう？　ここには罪人しかいませんし、まともに接待をできる環境があるわけではないのですが……」

「ここに、柄の悪い、余罪が多くある奴がいるだろう？　それはどいつだ？」

「は……？　はっ、そ、そうですね、それでいうとここの二人の大男ですかね、あの世間を騒がせた児童誘拐事件の受け子をやっていたと思われる奴らでして、少なからず裏社会に通じていた形跡があります。余罪も色々と出てくるでしょう」

「ふむ……」

悪意に満ちたような男の視線を受けて、先ほどまで騒がしく馬鹿話をしていた男達は口を噤み震え上がっている。

〝紫龍〟も、取引相手の幹部にいた果てのない欲望を抱えた奴らと変わらない雰囲気を纏っている偉そうな男を見て、背筋が凍る。

（おい、おいおいおい嘘だろ。警察の幹部だよなありゃあ。警察の幹部がなんであんな裏社会でも最悪の部類に入りそうな雰囲気を纏ってるんだよ……ありゃあ、日常的に犯罪をしてる奴の目だぞ……）

「これで良いか」

ぽつりと呟かれた言葉の真意を〝紫龍〟は分からなかったが、良くないものだということだけは理解できた。

先ほどまで恨みを募らせていた警察官の、何とか犯罪者を取り締まろうとしている姿が聖人に思えるほど、目の先にいる警察官の上司であるはずの男は腐りきっている。

もう〝紫龍〟の頭の中に、神楽坂への恨み言を考える余裕なんてない。

「ゴミ溜めの犯罪者の余罪が一つ二つ増えようが、世間は興味などない。そうだろう？」

引き攣った笑いを浮かべる担当官とは裏腹に、その男が連れていた部下達は心底面白そうに笑い声をあげていた。

第十一章

ありふれた事件

本当にひどい話というのはこういうことを言うのだと思う。

「……み、皆さんの中に、一か月前のこの場所で起きた轢き逃げ事件についてご存じの方はいませんかー？　ご協力をお願いしますっ、どんな情報でも良いんです。どうか私に何か知っていることを教えてくださいー！」

ちょっと心が読める年頃の天才女子高生佐取燐香は、貴重な休日を使い、街中でビラ配りという名の情報収集に勤しんでいた。

朝っぱらからこんなめんどくさいことをしているのは他ならない私自身だ。

本当は異能を使ったアルバイトでもしようとしていた貴重な休みの日。

大概の人がゆっくりとする筈の朝早くから、私は自作したビラを持って、実際に事故のあった現場近くの人通りの多い場所でビラ配りを行っている。

誰とは言わないが、あれだけ「手伝ってくれ、なんでもする」なんて聞こえの良いこと言っておいて、私が地道なビラ配りを提案すれば明日は仕事があるからと、私一人に押し付ける大人が世の中にはいることを純粋な子供達はよく覚えておいてほしい。

正直、異能の能力アピールを神楽坂さんにする本来の目的から見ると割に合わない気がしてきた。いや、昨日一日で解決できるだろうと思っていた私も悪いのだが……。

ともかく、今は神楽坂さんという大人がおらず、見るからに子供の私がせっせとこんなことをやっていれば、暇を持て余したお節介焼きさんは勝手に寄ってくる。

やれ、「何をしてるの？」「親御さんはどこにいるの？」「飴ちゃんいる？」などと様々。

……大半が小さな子供に接するような態度なのは気になるが、買い物袋を提げたおばさんや休日出勤のサラリーマン、大学生くらいの若者に、井戸端会議をしていた年寄りだったりと結構多い。

残念ながら今のところそうやって私の身を案じて寄ってきた人達は誰も事件について知っている人はいなかった。

ほとんどが私の事情や安全を心配しての、純粋な善意で話しかけてきた人達。

気持ちはありがたいのだが、別にやむにやまれぬ事情なんてないし、逆に心配を掛けているることが心苦しかったりする。

で、そんな風に時間を過ごしていれば、私の手には手作りビラ以外にもお節介焼きさん達から貰ったお菓子や飲み物などがずらりと並んでいる状態となってしまった。

有益な情報はなし、ただし食料は沢山確保完了。

本末転倒とはこのことだろうか。

「うう……全然情報ないですし、あんまり大きなことを言うべきじゃなかったです……」

懸念と好奇心、あるいは少しの下心。

そんな感情を持った人ばかりが声を掛けてくるせいで、この場所での地道な情報収集の効率さえ考え直しはじめる。

地味に暖かくなり始めたこの時期に道路の隅でビラ配りするのはそれ相応の体力が消費される。

私の体力なんて穴の開いたバケツと同じようなものだから基準になんてできないだろうがつらいものはつらい。

「す、少し休憩を……」

ビラを配り始めて二時間と少し、朝早くからしていたビラ配りから結構早めの昼休憩に入る。

項垂（うなだ）れる様に近くの公園にあるベンチに腰掛け、持ってきていた水筒に口を付けつつ、周りに並べたお菓子に惹（ひ）かれて近付いてきたチビ達にお菓子や飲み物を消費させる。

いや、毒とか入っていないのは分かっているが、知らない人に貰ったものとか私は口にしたくないし、もう少しで行われる身体測定のことを考えると体重の増減には気を配らないといけないと思っていたので、この何も考えてなさそうなチビ達の存在は正直ありがたい。遅れて来た親御さん達に群れと化していたチビ達を押し付けて、もう一度ビラ配り作業に入ろうと腰を上げたところで、懐（ふところ）の携帯電話が震えた。

酷い大人の神楽坂さんからメールが届いたようだ。

『受信時間：四月二十二日十時二十九分
送信者：神楽坂おじさん

件名：ひき逃げ事件解決
本文：かなり疑いの強い被疑者が見つかった。もしまだビラ配りをしているなら切り上げてくれ。無駄足させた借りはまた次の週末にでも』

「……へ、へえ。解決……ですか」

言葉にしてみれば陳腐なものだ。これだけあくせくと働いて、終わってしまえばほんの二文字で片付いてしまう。

それまでにどれだけの苦労と試行錯誤があったのかなんて、この二文字からは全く見えてこないし、きっと何の関わりもない人には興味もないことなのだろう。

どんな風に話が進展して未解決だった事件が解決したのかは分からない……が、近隣住民が不安を抱えたまま過ごす日々が終わった訳なので、きっとこれ以上の結果はないのだろう。

犯人も捕まって、警察の隠蔽という疑いも晴れて、被害者の心も晴天のように晴れ渡る。

良かった良かったこれにてこの問題は終わり……なんて、到底許せなかった。

「ふ……ふふ、この私が無駄骨を折る……？　そんなの許しません……この事件は絶対に別の犯人がいます……絶対に、警察が隠蔽しているんですぅ……！」

でないと、私のせっせと作ったビラも、早起きしてお父さんが出社するよりも早く家になりかねない。

事を始めたことも、この二時間アホみたいにビラを配ったことも、全部無駄だったこと

そんなことは、そんなことは絶対に許されない。

「つっ――――だ、誰か、この事故について知っている人はいませんか⁉　す、少しでも、どんな情報でも良いんですっ！　あ、そこのお綺麗なお姉さんっ、なにか……あ、知らない？　じゃあ、知っている可能性がある知人とかは――――」

休憩なんてしてられない。

ここからは私の持てる全てを注ぎ込んで、真犯人の解明に全力を尽くしてやるのだ。

ついさっきまで近くにいた親子が逃げる様に離れていくのを横目に、私は抱えたビラの束を撒き散らしに走り出した。

「…………佐取の奴、家に帰っただろうな。流石に補導されてくるあの子は見たくないぞ」
出署して、いつも通り新しく出てきた問題を解決しようとデスクに座ってから間もなく、あの子と調べ始めた事件の犯人が見つかったとの情報が回ってきた。
なんでも犯人は以前捕まえた誘拐事件の関係者だ。

裏社会の仕事になんて関わっていれば余罪なんて色々と出てくるだろうし、そこは別段不思議でもないし、事故の証拠などを消す方法も、長い間裏社会で生きてきた連中ならいくらでも知っているだろう。

証拠も出てきて、証言とも一致する。役満、犯人確定だ。

だからこの事件の捜査はこれで終わり、捜査を担当していた者達も順に撤収を始めている。

「ま、ありきたりな終わり方だろう。犯人はすでに檻の中にいました。ここまでスムーズに事が運んでくれれば世話はない」

交通課に配属されてもう結構経つ。

だから似たような事件の終わり方はいくつか経験していた。

何の疑いも、何の不自然さもないほど正確に、事故の処理は淡々と進んでいる。

――――まるで、どうすれば疑われずに警察が処理するのか知っている者が糸を引いているかのように。

(俺の勘違いならいい。勘違いであるならそれが何よりだ……しかし)

見えない力で証拠が搔き消されたと思う程の、長年事件を間近で見てきた神楽坂が異能を持っている者が関わっているのではないかと疑う程のこの事故が、本当にこんなありきたりな終わり方をするのだろうか？

『――――結構そういう後ろ暗い事情を見たことがありますもんね』

なんて、昨日言われた彼女からの言葉のせいかそんなことばかり考えてしまうのだ。

疑念が墨汁でできた染みのように、胸の中に広がっていくのを何とか無視しようとして、神楽坂は失敗する。

思考がどうしても、悪い方へと転がって行ってしまう。

もしも、もしもこれが、警察が真実を隠蔽しようとしているのなら。

「せんぱーい☆　休憩長くないですかぁ？　あ、隣座りますね！」

きゃるるんと擬音が付きそうな声色で声を掛けてきたやかましい新人は、飲み物片手に休憩していた神楽坂の隣に当然のように座った。

うるさい奴が来たと、神楽坂が空き缶を握りつぶすのも構わず、飛禅飛鳥（ひぜんあすか）はいつも通りの口調で話しかけてくる。

「さっきは驚いちゃいましたねー。交通事故関係の捜査はわたし達の担当の筈（はず）なのに、いきなり上から犯人は捕まえた、証拠も揃っている、ですもんね。いやー、まいったなぁ。仕事する手間が省けちゃいました☆」

「……ああそうかい。仕事が減ってよかったな」

「またまたぁ、思ってもいないことをー」

仕事とは無関係のことばかり話されるのかと思いきや、神楽坂が考えていたことと同じことをこの女は話し始めた。

仕事減った、ラッキー☆　で終わるほどこの女の頭はすっからかんではないらしい。

「嫌な扱いですよねー。まともな鑑定も、照会もしてくれないのに、捜査は一方的に終わらせてくるなんて、どう考えたって嘗めてるとしか思えませんもんね、わたし達のことを☆」

「実際そうなんだろう。というか、こんな署の休憩室でそんな愚痴をこぼすな。誰に聞かれてるか分からないぞ」

「あはっ、先輩やっさしいー。でも大丈夫ですよ、周囲に人影はないことを確認してからここに来てますしぃ、なによりそういうの気にする人達は今別のことに必死ですからぁ☆」

「……別のこと？」

「えー、分かりませんかぁ？　あれって先輩の差し金じゃないんですかぁ？」

「俺が、何を差し向けるってんだ。良いからとっとと話せ」

「嫌でーす☆　どうせすぐ分かりますよー」

「…………」

いちいち癪に障る、なんて青筋を立てる神楽坂の額に、今度は黄色のお手玉を押し付けてくる。

「そうカッカしないでください。ほら、黄色信号です。周囲を確認せずに飛び出すのは危険ですよ」

以前のシャリシャリとした感触ではなく、もっと硬いものが中に入れられているような硬質な触感がある。

口調は先ほどの甘ったるいものではなく、どこか鋭利さを持ち、怒りのままに問い詰めるのは憚(はばか)られた。

「お前……はぁ、お前なぁ。お前は面白いかもしれないが、こっちは訳わかんなくて腹立つんだ。そういう態度を他の奴に向けるなよ。敵を作るばっかりだからな」

「あはっ、わたしがこういう態度を取るのは神楽坂先輩にだけですよ」

「てめぇ……」

嘘つけ、と思ったが、口には出さない。

なんだかんだコイツは頭が回る。口喧嘩(くちげんか)になったら勝てる気がしなかった。

「んー、でもそっかぁ。あれは違うのかぁ。じゃあ、先輩は別にそういう事件を追ってる訳じゃないのかぁ。誰かを雇って囮(おとり)にしてるのかと思ったんだけどなぁ……」

「は？　何を言ってんだお前？」

「別にー。なんでもないですよー」

「はぁ？　何不機嫌になってんだ。不機嫌になりたいのは俺の方だぞ、おい聞いてんのか」

グリグリと飛鳥の頭頂部に拳を押し付けて力を籠(こ)めれば、痛いです痛いです、なんて言いながら逃れようとする。

本当に口の減らない後輩だ。

こいつを面食いの藤堂の奴に指導を任せていたらまともに指導されないだろうし、これからは自分も積極的に指導に協力していこうかと神楽坂は考える。

「あ、そういえば先輩」

「ん？」

ふと、思い出したように鞄を漁る飛鳥が首の長いトカゲの様なぬいぐるみを取り出した。

「じゃーん、ネッシーのぬいぐるみ！　ほら、この前作ってきますねって言ったじゃないですかぁ。頑張って作ってきちゃいました☆　凄いですよね？　欲しいですよね？　じゃあ、しょうがないからあげちゃいます！　どうぞー☆」

「あ、ああ。ありがとう……」

怒濤のような口数の多さに気圧された神楽坂は、押し付けられたぬいぐるみを思わず受け取ってしまう。

自画自賛するだけあって、渡されたネッシーのぬいぐるみは精巧だ。

縫い目もしっかりしているし、目などのワンポイントもバランス良く違和感さえ覚えない。

押し付けられるようにして手渡されたぬいぐるみを、どうしたものかと眺め、それでもせっかく作ってくれたものだと少し嬉しく思う。

「……なんだろうな、別にお前の世話をしたつもりもないのにこんなものを貰って、少し罪悪感があるな。だが、素直に嬉しいよ。ありがとな」

「えへへー。まあまあ、これからいい関係を築きましょうっていう証にですよ☆」

「ああ、そうだな。これからは俺も藤堂の奴に任せきりにせずに、ビシバシお前に指導を入れていくよ」

「えへへへ……へ？　え、まって、それは予想外。ごめんなさい、そんな指導はされたくないっていうか。今だけでも手一杯っていうか……」

「なーに、任せておけ。俺は本庁でもそれなりに、若い奴らをビシバシと指導してたこともあるんだ。臨時教官として警察学校にも呼ばれたこともあるしな。教えるのは得意だぞ、結構厳しいとは言われるがな。ははは」

「あ、あっれー？　あ、あのあのあの、やっぱりぬいぐるみを返してもらうことって……」

「言っておくが……嘗めた態度をとっていたお前のことを、ぬいぐるみがなくとも熱烈に指導してやろうとは思っていたからな。覚悟しておけよ」

「…………あ、これはやばいやつですね☆」

大丈夫だ、こんなに肝の据わった奴はちょっとやそっとじゃ挫(くじ)けない。

経験でそんなことは分かっているのだ。

神楽坂は笑顔で誤魔化そうとしている飛鳥の頭をぐしゃぐしゃと掻き回しながら笑った。

「さて、そろそろ仕事に戻るか」と髪がぼさぼさになって涙目になった飛鳥を置いて腰を上げたところで、やけに入り口方向が騒がしいことに気が付いた。

「なんだ、やけに騒がしいな。何かの事件の犯人でも逮捕したのか？」

「……えーと、これはたぶんあれですよ。未成年の補導っていうか、なんというか……」

「は？　補導だと？」

なんで未成年の補導程度でそんな騒がしくなるのかと訝しげに玄関方向へと見やれば、どこか見覚えのある背丈の少女が署内でも中々悪名高いそこそこの階級を持つ奴らに連れられていた。

見覚えがあるというか、ビラ配りするとか言っていた佐取燐香だった。

「…………えっ、嘘だろっ⁉」

当初の不安が寸分の狂いもなく的中していたことに神楽坂は愕然とする。

「あー、やっぱり引っ立てられたかー。未許可だったんですねぇ、あの子。通勤時に見かけたんで、そんな申請出している人いたかと思っていたらやっぱりこうなりましたか」

公共道路でのビラ配り。

許可を取らないと一応犯罪にあたる。

「……しまった。必要だったなそんな許可。言うの忘れてたぞっ……！」

「やっぱり先輩のお知り合いですか？　助け船出しに行った方が良いんじゃないですか。ほら、初めて補導されたのか、目が死んでますよ、あの子」

「ちょっ、係長に少し戻るのが遅れると言っておいてくれっ！」

「はいはーい、いってらっしゃいです☆」

ガタイの良いゴリラ系に囲まれた少女は捨てられた子犬の様な顔で、きょろきょろと周りを見回していて。

神楽坂は傷の治りきっていない体を酷使して、全力疾走した。

取調室と言うと聞こえは悪いが、要するに事情を聴く場所として使用される。

どうしてそうなったのか、その事象が起きた前後の話、そんなことを軽く聞く時も使われるこの部屋は、一般人からするとあまり居心地がいい部屋であるとは言えないものだ。

特に人生経験の少ない、女子高生程度であれば不安でいっぱいにもなるだろう。

現に目の前の少女も、普段の落ち着きでは考えられないほど不安を覚え、しょげ返っている。

「わ、私、どうなるんですか？　も、もしかして、学校に連絡がいって、退学になったりなんて……」

「い、いや、そんなことはないぞ！　君は別に悪意を持ってやったわけじゃなくて、ちょっとした擦れ違いからいけないことをしてしまっただけなんだ。だから、反省の色が見られればそんな大きな問題になんてならないからっ！　安心してくれ!!」

「う、ううう……」

「あー、その……だな。正直、済まないと思ってはいるんだが……形だけはやるぞ。ビラ配りに許可が必要だとは知らなかったんだな？」

「……知りませんでした……」

「うん、そうだよな。普通の学生がそんなこと知る筈ないもんな、うん」

普段の態度は何処へ行ったのか。

見るからに弱々しく落ち込んでいる協力者の少女にやりにくさを感じてしまう。

手早く必要事項の記載を済ませ、形だけの取り調べを終わらせていくが、こんなものはやりたくないのが本心だ。

だが、補導したゴリラ系……いや、階級だけはある頭空っぽ集団に無理を言って取り調べを代わってもらったのだ、せめて形だけでもやらなくては外聞が悪い。

燐香に対しては非常に申し訳ない気持ちでいっぱいだったが、神楽坂は内心で土下座しながら黙々と作業を進める。

明らかに悪意があった訳ではない、そんな燐香の様子を外から様子を窺っていた者達も拍子抜けしたように去っていく。

その様子をチラリと確認して、神楽坂はさっさと聞き取りを切り上げに入る。

「……大体、聞きたいことは終わったな。よし、反省したならいいんだ。次からは気を付けてくれ」

「はい……」

スンスンと鼻を鳴らす燐香の姿が痛々しく、居た堪れなくなっていく。

随分大人びた子だと感じていたから精神面では何も心配はいらないだろうと考えていたが、その認識は改める必要がありそうだった。

少し精神が大人びていたって、警察に補導されれば不安にもなる。

それが、かなりの進学校に通っている真面目な優等生となればなおさらだ。

何か温かい飲み物でも飲めば落ち着くかと考え、神楽坂がお茶を汲みに動いたところで、俯いて憔悴している様子の燐香が口を開く。

「静かに聞いてください神楽坂さん。私、犯人と会いました」

「……なんだって？」

憔悴してるにしてはやけに芯の通った声が神楽坂の耳に届いた。

黙って聞いてくださいと言った燐香の声は絶妙に小さく、近くにいる神楽坂だけに届いている。

俯いた顔に掛かる髪が邪魔で燐香の表情は正面にいる神楽坂ですら窺うことはできな

い。

　彼女の口が動いているかすら周りから判別できないことを思えば、彼女の話を理解しているのは神楽坂だけだ。

「軽薄そうな男、若い男でした。大学生くらいで、ビラを配っていた私に声を掛けてきたそいつは、私が誘いに乗らないと分かった途端に私のビラをゴミでも見るような目で見て、踏み捨てていきました。そのあとすぐにここの警察の人が大勢来て、私を連行していきましたので警察と深いつながりを持った人物です」

「……間違いないのか？」

「間違いありません」

　弱々しいように見える姿とは裏腹に、小さく吐き出される言葉はあまりに強い。髪の隙間から覗く燐香の目は、死んだ魚を思わせる普段通りのものだ。

　これまでの態度が全て演技なら、こいつは役者の才能もあるだろう。

「事故の発生から今日まで、事故処理を終えるまで犯人は自宅に軟禁されていたようです。ほとんど証拠も残っていない状態。けれど、今犯人扱いされてる身代わりが事故を起こしたという証拠として、本当に事故を起こした車は出してくる筈です。流石に、状況に合わない要素が出てきたら疑いを持たれてしまいますから」

「……俺はどうすればいい？」

「いくら証拠を隠滅しようとしたところで、過去にあったことは変わりません。事故を起こしたのはたった一人です。真実を覆い隠そうとしたところで、絶対にどこかでボロが出る筈です。私達は明確な証拠を掴む必要があります」

「できるのか……そんなことが、本当に？」

「絶対にできます。だって――――」

髪に作られた影の奥で、少女の口は弧を描いた。

「――この事件に、超常的な力は何も関わっていないから」

神楽坂はただ口を噤んだ。

第十二章

心の手折り方

――時間は少しだけ遡る。

公園で休憩を取ってからそれほど時間も経っていない頃。

突如として現れた警察官達に問答無用で補導される前、私は轢き逃げを起こした犯人に遭遇した。

見るからに遊んでいる大学生といった風貌で、公園の近くでビラを配っていた私に対して気持ちの悪い下心を内心に抱いて近付いてきたのがきっかけだった。

「ねえ、君大変そうだね。お兄さんも手伝ってあげようか」

「………」

ニコニコと、一見すれば悪意を感じさせない笑顔を浮かべ、良くできた甘い仮面の下ではドロドロと蠢く欲望を滾らせている。

私が配っているビラに書かれている、自分の犯した事故のことなど記憶にも残っていないのか、警戒一つせずに私に寄ってきて声を掛けてきた。

《ようやく親の軟禁から解放された。大したことない奴らに少しぶつかっただけで、なんで俺がこんな窮屈な思いをしなくちゃいけないんだ》なんて。

そんなことを考えていた男が私に寄ってきた時、正直言えば私は驚いていた。

犯人が近くを通ったとしても、自身が犯人の事故のビラ配りになんて近付かないのが普通なのだから。

だから、目撃者や被害者家族にでも会えればと思って始めた活動で、まさか犯人から近づいてくるなんて予想を私はしてもいなかった。

（うわぁ、きも……とはいえ、情報源としてはこれ以上ないし、できるだけ情報を絞り取らないと。まずは、コイツの理想を演じるために思考を読み取って……〝お淑やかで気弱な少女〟？　……わ、分からない）

「あはは、警戒させちゃったかな？　ごめんねいきなり声を掛けて、とっても可愛い子が頑張って声を出しているのが見えて気になっちゃって」

「えっと……あの、可愛いなんて……ありがとうございます。でも、どうしても情報が欲しくて……」

「ふうん、そんなにそのビラが大切なんだね。偉いなぁ。両親に頼まれたのかな？　長い時間ここら辺で配っていたから疲れたろう？　お兄さん結構お金持ちだからお金は出すよ、近くのカフェで少し休まないかい？」

言葉巧みに人をかどわかし二人だけになれる場所に連れ込もうとする、典型的な下半身で物を考えるタイプの男。

実際、甘いマスクをしてお洒落にも気を遣ってそうなこの男の外面だけしか見なければ、まんまと付いていってしまう人もいるのだろう。

それくらい、この男の雰囲気は女慣れしている。

「カフェ、ですか？　い、いえ、見ず知らずの方にお金を使わせる訳には……それに、まだ全然ビラも配り終えていませんし……」

「そうかな？　自分の体にも気を遣って、適度に休みを入れた方が良いと思うけどなぁ」

「とっても、ありがたいんですけど。私、明日から学校ですし、今日中にこれを配っちゃわないとで……」

……お淑やかってこんな感じで良いのだろうか？

正直、こんな奴の理想に合わせるのは業腹ではあるから、少し違っても良いかという投げやりな気持ちもある。

だが、幸いなことに私の猫かぶりはどうやらこの男に効果抜群のようで、さらに男の目は欲望に滾り、ぐいぐいと誘いを入れてくる。

「いいじゃないか、少しの時間だけでもさ。なんならそのビラを一緒に配ってもいい。ほらほら、すぐそこに良い店を知ってるんだ。遠慮せずにさぁ」

「い、いえ、あの、でもですね」

「そんな肩ひじ張ったって仕方ないよ。こっちこっち」

「あ、押さないでください……」

痺れを切らした男がついに実力行使に出てしまい、ぐいぐいと背を押される。

このまま連れていかれると間違いなく良いことは起きないであろうし、異能を使う羽目になるだろう。

それはちょっとご遠慮願いたい。そう思った私は手に持ったビラを突き付けるようにして男の目の前に差し出した。

「あのっ、せめてビラだけでも確認してもらっていいですか？　このことについて知っていたら教えてほしいんですけれど」

「んー？　全く、意固地な子だね。どれどれ、ちょっと見せてみ——……ああ、これか」

　押し付けられたビラを見て、男は表情を消した。

　けれどそれは、自分が犯人の事件を調べられていてまずい、という感情ではなく、心底くだらないものを見たという、呆(あき)れ。

《取るに足らないクソ事件》、この男の頭に過(よぎ)ったのはそんな言葉だったのだ。

（——このクソ男）

　被害者がいて、傷を負った人がいて、負うべき罪がある。

　自分は加害者で、被害を受けた者がいると分かっていて。

　それらを理解してなお、「ああ、これか」などと、まるで自分に関係ないことの様な思考をするこの男に心底吐き気を催した。

　あたかも自分が理外の上位者のように、特権階級である自分自身にはそんな些末(さまつ)なことは何も関係ないとでも言うように、こいつは私が押し付けたビラから一目で興味を失った。

　同時に私も、コイツに時間を掛けるのはこれ以上ないほどに無駄だと切り捨てた。

もう、演技するつもりも消え失せてしまった。

「……貴方の家はこの近くなんですか？」

「ん、いきなりどうしたの？　もしかして店じゃなくて俺の家に行きたくなっちゃった？　全然いいよ、じゃあ、こっちに」

「なるほど、分かりました。では次に、この事故を起こしたと疑いがある人が捕まったというのをご存じですか？」

「……えっと、ちょっと何が言いたいのか分からな」

「へえ、そうですか。では最後です――罪を償うつもりはないんですね？」

「……………なんなんだ、お前……？」

気味が悪いとでも言うように顔をしかめた男の様子など気にもならない。

男の思考は一貫して、罪を償うつもりもなく、そのためなら他の誰がどうなっても良く、そんなどうでも良いことよりも自分の欲望を発散させたいというものばかりで埋め尽くされていた。

更生不可能の屑。

親が権力を持つばかりに、他の人がどんな被害を被ってでも自分の身を守ろうとする害悪。

私が大嫌いな、自分本位で、他者の人生を貪り喰らう悪性。

私が時間を割くのも、神楽坂さんに手間を掛けさせるのも、どちらをする価値もない。

――――ここで私が、この醜悪な悪性を刈り取ろう。

怒りに任せ、ずるりと手に異能を廻す。

もはや渡したビラなど興味ないとばかりに放り捨てて、私の腕を摑み連れて行こうとする男の頭に照準を定める。

そしてそのまま、もはや仮面を被るのすらやめたのか、醜悪な笑みを私に向ける男に腕を振るおうとしたところで。

私の背後から声が掛けられた。

「ちょ、ちょっとなにやってるんですかっ⁉」

声を掛けたのは年若い母親。

いつぞやの、あのバスジャックの時にバスの中にいた赤ん坊を連れていた女の人が私を連れて行こうとしていた男の肩を摑んで引き留めた。

「あ……」

「貴方この近くに住んでる嘉禅さんの息子さんですよねっ⁉　こんな女の子を無理やり連れて行こうなんて何を考えているんですか⁉　何処に連れて行くつもりだったのか、教えてもらえますか⁉」

「チッ……」

男に詰め寄る女性を見て、慌てて私は手に廻していた異能を解いた。

舌打ちしたいのは私の方だ、命拾いしたな屑男、なんて思うがもちろん口には出さない。

男は面倒そうに舌打ちをして、なんと言い包めようかと口ごもったが、女性の大きな声を聞いて、先ほど私が子供達を押し付けた他の母親達も異変を察知して寄ってくる。

あっと言う間に多くの人達が集まってきたことに危機感を抱いたのだろう、男は摑んでいた私の腕を放り捨て、さっさと立ち去って行ってしまう。

「あっ、ちょっと待ちなさいっ!!」

「追いかけないでください。貴女や貴女の赤ちゃんが、万が一危険な目にあうのは絶対に嫌なので」

「あっ……そ、そうね。ごめんなさい、少し熱くなってしまって……」

抱っこ紐の中で驚いたように目を丸くしている赤ちゃんに「久しぶりだね」と声を掛け、頰を優しく突けば、赤ちゃんは嬉しそうな笑顔を浮かべて私に手を伸ばしてくる。

にぎにぎと、その手に応じて手を握ってから女性へと顔を向けた。

「お久しぶりです、お元気そうでなによりです。今度は助けられちゃいましたね」

「あ、ううん、この前は本当にありがとね……えっと、怪我はない？」

「はい、何かされる前に助けてもらえたのでなんともありません」

集まってきた母親達に囲まれ安否の問いかけに答えながら、去っていく男の後ろ姿を横目で追う。

家や身元はしっかりと摑めた。

欲しかった情報は全て集まり、この事件は隠蔽(いんぺい)工作が入っていることも分かった。

情報収集としては十分以上の戦果だ。

感情的になってこの場で処理しようとしてしまったが、冷静になって考えればこれは神楽坂さんに対して私の異能の有能さをアピールするのが目的だ。

しっかりと真犯人を突き止めたことを伝え、然(しか)るべき方法であの男を追い詰めてこそ、神楽坂さんとの信頼関係を築けるというものだろう。

「嘉禰さんのところの息子さん、あんまり評判良くないから気を付けてね。お父さんは警察の偉い人らしいのに、なんであんなに素行不良になるのか……」

「……まあ、肩書で貴賤(きせん)を測れない、良い見本ということですね」

散らばってしまったビラを拾うのを手伝ってもらった私は、そのまま形だけでももう少しだけビラ配りを続けようとして。

その後、急に集まってきたパトカーから出てきた警察官達に補導される形で、警察署まで連行されたという訳だ。

多分というか絶対、あの男が警察のお偉いさんであるパパにでも電話して、何とかしてくれるように頼んだのだろう。

それが、私の休日を利用したビラ配り作業が終了した経緯である。

「そうして、私の休日は終わりを迎えた訳です、はい」

「……なるほどな。悪かったな、大変な時に傍にいてやれなくて」

「え、口説き文句ですか？　まあ、年若い燐香ちゃんを口説きたくなる気持ちは分かりますが、流石に神楽坂さんはちょっと」

「ちげぇ！　なんだか最近よく見る態度だな！」

「そもそも神楽坂さんはちょっとってなんだ……？」と愕然としている神楽坂さんに少しホッとする。

　あのクソ男を見たせいで心が荒んでいたが、裏表のない神楽坂さんの姿は私を安心させてくれる。

「……まあ、それは良いとして。本当に見つけたんだな、真犯人を」

「もちろんです。そちらは、お願いしていたアレはちゃんと取れましたか？」

「ああ……言われた通り取ってきた。警察署の奴らには伝えてない」

「流石です。神楽坂さんはやっぱり信頼できます」

　警察署を離れ、また別の場所で落ち合った私と神楽坂さんは情報の共有を図った。

　もちろん、私自身の手で片付けようとしたことは口にしなかったが、でっち上げられた偽物の犯人とその証拠、私が接触した真犯人と誰がこの事故の隠蔽を図っているのか。

そのあたりの内容を話し合い、計画を立てた。

むやみやたらにコイツが真犯人だと騒いだところで、でっち上げられた犯人と偽造された証拠を上回る証拠を提示しなければ誰も私達の話に耳を貸さないだろう。

だから出された偽物の証拠物、今回で言えば、事件で使われた車とそのハンドルやドアに付着した指紋や車内に置かれたままになっていた私物など。

これらから、本当に事故に使われた車両なのか、破損状況におかしな部分がないかを確認してもらい、整合性の合わない部分を探してもらった。

もしも偽装に異能が関わっていれば整合性が完全に合っているような、完璧な証拠物を出せるかも知れないが、今回のこれは違う。

只の人間が起こし、只の人間が隠蔽しようとしている事件に過ぎない。

だから、粗があるし、真実を突き付けることが可能となる。

「じゃあ、行きましょうか神楽坂さん。覚悟は良いですか？」

「…………子供が余計な気を回すんじゃない」

空が赤み掛かり始めた夕刻。

私と神楽坂さんは、私が接触した真犯人の家の近くで待ち合わせをしていた。

真犯人、これは名前が分かればどんな人間か、そしてその親がどんな立場の者かがすぐに判明した。

これだけ大掛かりな隠蔽工作を行える人物は限られている。

結果は当初の私の予想を裏切ることなく、警察組織のかなり高い地位を有する存在を親にもつ、責任感も何もないボンクラだったという訳だ。

そして、そうなってくると神楽坂さんの事情も変わってくる。

ここでこの真相を解明すれば、世間的に信頼を失っていっている警察の信頼がさらに地の底まで落ちることは間違いないし、組織の中での立場もさらに悪くなるだろう。

いくら正義がこちらにあるとはいっても、社会人としての立場は、きっと私では計り知れない。

「やめるなら今ですよ、神楽坂さん。何も真実を白日の下に晒すだけが手段ではないです。法を介さず罰を与える手段などいくらでもありますし、実のところ神楽坂さんが直接手を下す必要もありません。今はネットという便利なものがあって、そこに証拠をいくつか流してしまえば、そこら辺の正義感を持った人や記者なんかがほじくり返してしまうでしょう」

そう、そうなのだ。

私と神楽坂さんの目的は共通していて、『異能が関わる事件の解決を行うこと』である。

この事件はあくまで、私の実力を神楽坂さんに知ってもらうために解決する通過点に過ぎず、絶対に解決しなければならないものではない。

言ってしまえば、私達が直接手を下すまでもない事件なのだ。

事故被害にあった者も命を落とした訳でもなければ、犯人に仕立て上げられた奴が全く罪のない者という訳でもない。

あのボンクラには腹が立っているから、それ相応の罰を受けてもらうつもりではあるが、それを神楽坂さんがやるべきだとは思っていない。

後々に影響が出てしまうのであれば、ここはやり方を変えるのも手段の一つだと私は思う。

「いいや、これは俺がやる。俺らがやらなくちゃいけないことなんだ……どれだけ支払うものが多かったとしても、不正を見逃す警察官なんて存在する価値もない」

だが、神楽坂さんは私の懸念を少しも迷わず一蹴する。

「身内であれば許される。位が高ければ見逃される。そんな法律はどこにもなくて、この国は法を順守せよとする国であるならば、警察官である俺がやることは一つしかない——あそこに住んでる犯罪者を逮捕する。それだけだ」

「いやまあ、その考え方は立派だと思いますけどね……」

はっきりとそう言い切った神楽坂さんの信念は微塵も揺らいでいない。

強い芯を感じさせる彼の目は、真っ直ぐにあの男がいる家へと向いている。

この人は本当に馬鹿みたいに真面目で、一人で苦労をしょい込むタイプだ。間違いない。

屑な私とは正反対、正直言葉を聞いているだけで日を浴びた吸血鬼のように消滅しそうである。

とはいえ、今回のこれは別に神楽坂さんがずっと追い続けていた事件ではない。

神楽坂さんの目的の事件でも、神楽坂さんの身の周りの人が被害者になった訳でもない特別でもなんでもない今回の事件を、自分の立場全てを擲ってでも解決しようとする神楽坂さんは間違いなく不器用な人間である。

私個人的には嫌いではないが、器用な生き方をできない神楽坂さんはこれから先も苦労するだろうなとは思ってしまう。

私が若干の呆れ混じりな眼差しを向けていれば、私の視線に気が付いた神楽坂さんが何も気負っていないような余裕のある笑みを私に返した。

「なに、そう心配するな。別に俺の立場が悪くなると決まった訳ではないし、むしろ不正を暴いたと褒められることになるかもしれない。今回の事件は確かに警察幹部が隠蔽しようとした事件かもしれないが、そんなことをしようとする奴はほんの一握りだ。警察が不正を許容する人ばかりでないのは俺自身が良く知ってるし、山峰警視監や剣崎警視監なんかは人柄も能力も高く部下のこともよく見て評価してくれるできた人達だ。今回の件で俺の行動に間違いがないと考えてくれるなら、そんな人達だってきっと動いてくれる」

「はぁ、そうなんですね」

私に心配させまいとそんなことを言い出した神楽坂さんに、私は気のない返事をする。

心を読まなくたって分かる、今の余裕を携えたような神楽坂さんの態度は虚勢だ。

神楽坂さんにとっては子供である私に変な不安を感じさせないようにと、どうにでもなるという態度を見せようとしているだけに過ぎない。

そりゃあ私だって警察という組織が全部腐敗していて、不正ばかりが蔓延(はびこ)っているだなんて思っていないけど、同様に神楽坂さんが言うほど下の人間を助けようとする偉い人がいるとも思っていない。

これは警察という組織だけの話ではなく、神楽坂さんほど赤の他人を助けることに本気になれる人なんてこの世界にはそういないという話なのだ。

「……まあ良いです。今回はちゃんと私がサポートしてみせますから、神楽坂さんは何一つ心配せず真犯人に証拠を突き付けて引っ立てちゃってください」

「なんだか君の態度は気が抜けそうになるな……まあいい、君は来るんじゃないぞ。絶対にここで待っているんだぞ」

私がビシッ、と指を差した先にはあの男の家がある。

豪邸と言っても良い大きな家に、大きな庭、備え付けられた駐車スペースには黒く光沢を放つ高級そうな車が置いてあった。

どこからどう見ても恵まれているであろう家庭、私の父親もそこそこ稼いでくる方だとは思うがここまでではない。

それがあのクソみたいな価値観をもった男が住む家だった。

いや、子供は生まれる家を選べないと言うけれど、この場合この家に生まれたからあのクソ野郎ができ上がった可能性すらあるから何とも言えない。

「いいな。これから呼び鈴を鳴らして少し話をしてくるから、絶対に出てくるんじゃないぞ」

「え、それはもしかしてフリだったりします？」

「絶対にっ！　来るんじゃないぞ！」

「……はーい」

冗談の分からない人だ。

少しでも気がまぎれるように冗談を言ってみたのだが、失敗だったらしい。

「まあ、神楽坂さんが警察をクビになったら私が雇ってあげますよ。そしたら、異能が関わっている事件を調べるために色々こき使いますから、覚悟してくださいね」

「……はいはい。じゃ、大人しくしてろよ」

これが冗談と取られてしまった。

本当に冗談の分からない人だ。

神楽坂は重い足を動かして、本庁勤務の警視監の家の前までたどり着いた。

正直に言えば、ここに住んでいるお偉いさんの名前も顔も性格も知っていた。

神楽坂が出世街道から外れる前までは、能力の高さに期待され、公安勤務を行っていたため、その時に少し顔を合わせる機会があったのだ。

性格が良いとはとても言えない。

良く言えば策略家で、悪く言えば警察に似つかわしくない狡猾な男。

老獪さと執念深さ、そういうものを集めて人型にすればこうなるのではないかと何度も思ったこともあった。

あれから数年が経過しているが、少しでも変わっているとは到底思えない。

恐らく、いやほぼ確実に、このまま呼び鈴を押し、証拠を突き付ければ自分の身に危険が迫るのは目に見えていた。

拘留されていた犯罪者とはいえ、一つの事件の犯人に仕立て上げるにはかなりの段階を踏む必要がある。

たった一人の高官の力だけで為しえられるほど、甘い作業ではないのだ。

それを、ほんの短期間で終わらせたとすれば、どれだけの協力者が警察の内部にいるのか予想もつかない。

（……俺は、異能の関わる事件で死ぬものとばかり思っていたんだがな。まさか、同じ組織の奴に背を刺される危険を考える時が来るとは……）

たどり着いた玄関口で息を入れる。

自分の死を告げるような呼び鈴を鳴らし、中から誰かが出てくる音を聞く。

ガチャリと、扉が開いて中から出てきた、昔見たことのある妖怪の様な男に突き付けるように紙を出し、はっきりとした口調で一息に告げる。

「警察だ。嘉禪警視監、長男の嘉禪義人に轢き逃げ事件の逮捕状が出ている。息子さんを呼んでくれ、署まで同行を願おうか」

「な――――なんだと⁉」

妖怪の驚愕した表情など見るのは初めてだったが、存外それだけで少しは不安が晴れるものだ。

「馬鹿な、その事件は犯人がすでにっ……」

「指紋が出ている。偽装された犯人以外の指紋、あんたの息子の指紋と合致するものが事故車両として出てきた車からな」

「指紋っ⁉　指紋だと⁉」

唾を飛ばし、目を見開いた老人に向けて、神楽坂は上司に向けるとは思えないほど冷淡な視線を向けた。

「そうだ、巧妙に車内やドア、ハンドルといった部分の指紋は拭き取られ、別の男の指紋が付けられていたが……残っていたぜ、ガソリンの給油口。その蓋に」

「ば、ばかな……。き、きさま、神楽坂だなっ⁉　きさまの評判はよく聞いているぞ！

あの同僚の自殺事件を機に何かに取り憑かれたように魔法や呪術の存在を追うようになった異常者だと！　きさまのような奴の戯言など誰がっ……」

「残念ながら……俺がたとえ異常者だったとしても、この逮捕状は本物だ。しっかりとした証拠をそろえて、アンタの息子を犯人だって言ってんだよ。おら、早く息子を出せ」

「が、ぎっ……き、きさまっ、本庁の公安に戻りたいのだなっ⁉　それなら――――」

「あんな所への執着はもうねぇよ。俺が執着してるのは、法を犯している野郎を豚箱に叩き込むことだけだ」

ズカズカと家の中へと乗り込んでいく。

何とか押しとめようとする老人の力などでは神楽坂にとっては障害にもならず、そのままいやに広い廊下を通り、リビングまで押し入った。

リビングでは悠長にソファに座り、テレビを眺めている若い男がいる。

入ってきた神楽坂を見て焦るというよりも、ポカンと、まるで何が起きているのか分からないといった表情を浮かべていた。

「嘉禰義人、お前を危険運転致死傷罪の疑いで逮捕する。署まで同行を願おうか」

「……え？」

そうはっきりと要件を述べても、轢き逃げ事件の真犯人である嘉禰義人はまだ状況を理解していないようで、視線をふらふらと神楽坂から外し、父親へ、その後台所にいた母親へと向けられた。

「…………え？　俺が、逮捕……？」

「そうだ、お前の指紋、お前の車庫証明、購入した支店の書類にはまだはっきりと証拠が残っていた。お前が犯人で間違いない」

目を白黒とさせ徐々に顔色を青くして、表情を歪ませていく整った顔の男は逆に滑稽で、イケメンは何してもイケメンという戯言が嘘なのだと思った。

時間にして数秒、思考停止していた嘉禪義人がヒステリックに叫びだしたのはすぐだった。

「な、なんでだよ‼　なんでだよ親父⁉　俺が逮捕される⁉　そうならないように手を打つって言ってたじゃねえかよ⁉　なあっ、嘘だろ‼　俺は逮捕されねえよな⁉　どっかの屑が肩代わりするんだよな⁉　俺の経歴がこんなくだらないことで傷つく訳がないんだよな⁉」

「義人……」

「っっ……！」

摑みかからんばかりに錯乱した嘉禪義人に息子を溺愛している両親は悲痛な表情を浮かべ、唇を噛む。

この状況を傍から見れば、不幸を嘆く若者と息子の不幸を嘆く両親という構図の、美しいものとして映るだろうか？

内情を知っている神楽坂としては、到底唾棄すべき光景にしか見えなかった。

「はっ、いい年して自分の罪にも向き合わず、パパに頼って隠蔽工作か？　図体ばかりデカくなった結果、ろくなプライドも、まともな倫理観も育たなかったお前の様な犯罪者はよく見るぞ」

「なんでっ……なんでだよっ、あんな、あんな底辺のくそみたいな奴らを轢いただけで、この俺が、キャリアコース間違いなしの俺が、そんなこと……！」

「……底辺のくそはお前だ。お前にお似合いの場所に引き摺ってってやるんだ、感謝しろ」

吐き捨てるだけ吐き捨てて、抵抗する意思もなくなったのか、呆然とした表情のまま神楽坂に連行される。

慌てたのは、警察の高官である父親だ。

「ま、まて神楽坂っ！　金か⁉　金ならいくらでも出す！　一億でも、二億でも、いくらでも出すっ！　お前も金が必要なんだろう⁉　どうせお前の持ってる証拠がなければ義人は逮捕されないのだろう⁉　だからっ……！」

「……アンタにも、証拠隠滅の疑いが掛かっている。今回の件に関わった奴ら全員にもだ。腐った膿は、誰かしらに捨てられるもんだ。大人しく連絡を待ってろ」

「かっ……！　く、な、ぐぎ、ぎぎっ……！」

泡を吹き、歯ぎしりをする妖怪の様な奴も、こうなってしまえばなんてことはないただの年寄りだ。

栄華を誇っていたこの家も、息子による事故で喪失することになるのかと、鼻で笑う。

きちんと罪に向き合っていればこんなことにはならなかっただろうに、隠蔽に隠蔽を重ねた結果がこれだ。

馬鹿馬鹿しいにもほどがある。

神楽坂はそんな風に彼らを嘲り、そのまま嘉禪義人を警察署へ連行しようとしたところで、地の底から響くような、悪意に満ちた怨嗟の声が向けられた。

「……貴様、確か植物状態の婚約者がいたな」

「………だったらなんだ」

聞き捨てならない、老人の呪いの言葉に神楽坂は視線を鋭くして振り返る。

「……いいや？　ただの老人の独り言だよ。不幸な事故だったな、あれは。同僚の自殺と時期がかぶって。余計君には堪えただろう？　それからずっと目も覚まさず、病院で入院しているんだったな――そう確か、東京総合病院の五〇三号室に今も入院中だった……そうだろう？」

「て――テメェッ……！」

そこらの犯罪者程度では出せない、長い年月を掛け熟成したような悪意に満ちた老人の笑みに、神楽坂は背筋に冷たさを覚えた。

事情を知られている、内情を知られている、場所を知られている、状態を知られている。

もしもこの妖怪が害を与えようと思えば、神楽坂程度の力では何もできないまま、神楽坂が守らなければならないものを全て、根こそぎ、壊してしまうだろう。

そんな確信を神楽坂に抱かせるには十分だった。

「神楽坂君、仲良くしようじゃないか、なあ？　君も、婚約者を、もっといい病院の医者に診てもらいたいと思っているのだろう？　君のやりたいように捜査に協力しよう。立場を与えるし、組織としてその協力をすることも約束しよう。たとえ君のその捜査が徒労に終わったとしても君に責任を問うことはないと誓おう。どうだ？　お互いに悪くない話だと思わないか？　失うよりも、お互い何かを得る選択を取る方が建設的だとは思わないか神楽坂君」

「――――」

混乱と、恐れと、絶望と、焦り。

色んな感情が一度に神楽坂を襲い、言葉にもならない、ただ引き攣ったような潰れた声しか出なかった。

こうなることを想像していなかった訳ではない。

けれど、曲がりなりにも警察官をやっている男が容易く一般人を害する選択をできるとは思っていなかった。

神楽坂の、想定の甘さが自分の大切なものを危機に追い込んでいる。

目の前の老人は、醜悪な悪意と欲望で神楽坂を包み込むように、冷たい甘言を吐き出した。

「広い視野を持て神楽坂君。ここで息子を捕まえても得るものは何もなく、失うものばかりだ。警察は今、『連続児童誘拐事件』の影響で世間から強い批判を浴びている。そんな中警察官僚が不祥事で捕まってみろ。どれだけ組織に悪影響が出るのか想像できない訳じゃないだろう。そんな事態を引き起こせば、警察内部での君の立場がさらに悪くなるのは当然だ。君の警察官としての立場も、警察の社会的な地位も、どちらも傷付けるようなことはするべきじゃない。これは必要悪だ神楽坂君。大事の前の小事でしかない。たかだがごろつきの余罪が多少増える程度、何の問題もないだろう？　警察がこれから先も多くの善良な者を助ける組織でいる為に、無知な人々から信頼される警察である為に、君が過去の事件を追う為に、必要な選択なんだ。分かるね？」

「…………」

理には適っているのだろう。

嘉禪の語るこの話は、ある種一つの常識だ。

組織の為に、国の為に、あるいは社会の為に、普通なら間違っている選択をしなければいけない時はあるだろうし、割り切ることが必要になる時もあるだろう。

最大多数の最大幸福を目指すなら、潔癖なだけではいられない。

多少の不正を見逃すことも、この社会で上手く生きる為には必要不可欠な生存戦略だ。

そんなことは誰に言われなくても神楽坂だって分かっている。

「……器用に生きられるなら、もうずっと前にそうしてる。不正や悪徳を許せるなら、今の俺はこんな場所にいない。加害者を放置して、被害者を踏みつけられるなら、俺は警察官になんてなってない」

そして神楽坂は、嘉禰の話を理解しながらも少しも揺らがない自分の信念に、我がことながら呆れた笑いを溢してしまった。

必要不可欠な生存戦略に従えないから今の自分はこんなにも苦しい状態にあるのだと自覚して、それでも変えられない自分の生き方に自嘲する。

「……誰かを蹴落とし、責任を押し付け傷付けてもなお笑っていられる、そんな卑劣なものを俺は許容しない。たとえどれだけ追い詰められても、たとえそれ以外に救いがなくとも、そんなものに縋る選択肢なんて俺にはない」

だから神楽坂は、目の前に差し出された甘いだけの選択肢を振り払い、心底理解できないと顔を歪める嘉禰を見つめ返した。

「組織への悪影響だと？　笑わせるなよ。切っ掛けを作ったのは不正を働いたお前で、警察の社会的な地位を傷付ける行為をしたのはお前だ。俺の行動で警察の立場が悪くなる結果になろうとも、お前が行った不正や犯罪行為は何一つとして変わりはしない。せいぜい別の責任の押し付け方を考えるんだな糞野郎」

明確な拒絶であり、決別であり、ある種の宣戦布告のようでもある神楽坂の言葉に、憤怒(ふんぬ)の表情を浮かべた嘉禰が神楽坂の全てを潰そうと、自身が持つ人脈に連絡しようと動き出した。

「噂(うわさ)通り馬鹿な男だ……!!　なら望み通り、貴様の責任で引き起こされる、貴様が選んだその望まない暗い未来を生きるが良いっ!!　昏睡(こんすい)状態の婚約者諸共、貴様の人生を跡形もなく引き裂いて、壮絶な生き地獄を味わわせてやるとも!!」

現した醜悪な本性。

唾を飛ばしながら喚(わめ)き散(ち)らし、携帯電話を取り出して何処(どこ)かに連絡しようとする姿。

何より、自己保身の為なら他の誰が犠牲になろうと厭(いと)わないという言動。

警察に身を置くだけの、巨大な権力を有するだけの犯罪者に対して、神楽坂は自分の立場が終わるのを理解しながら、目の前の老人を黙らせる為に拳を震えるほど力強く握り込んだ。

そして神楽坂が怒りのままその拳を振り上げる直前に思い出したのは、警察を信用できないと言っていた少女のことだった。

(こんなものを見たら警察なんてもっと信じられなくなるだろう……あの子には本当に悪いことをした。せっかく俺の手を取って異能の関わる事件を解決してくれようとしたのに、俺はあの子の言葉を信じずこんな事件に関わらせた。こんな下らないものを経験させる羽目になった。俺は……なんて馬鹿なことをした)

警察の正義や捜査を信じていた神楽坂と、警察なんて信用できないと言っていた少女。

たとえ今回だけの限定的なものだったとしても、結局正しいのは少女の方だった。

後悔が胸に去来する。

無理を言って、納得のいかない態度を見せて、こんな悪意に関わらせてしまった。

少女の力が必ずしも解決に必要ではない事件に関わらせて、結局少女が最初から考えていた通りの結果になってしまった。

失態どころではない。あまりに情けない、自分の能力不足が如実に表れたこの結果。

だからせめて、神楽坂はこの事件の解決は自分の手でしなくてはいけないと思った。

家の外にいる少女が妖怪のような老人の悪意を目の当たりにしてしまう前に、これ以上少女が人を助ける為の組織や大人達を信じられなくなってしまう前に、自分の手で収拾を付けるべきだと神楽坂は思ったのだ。


けれど。


(晒してしまった身内の恥は、俺自身の手で――――)

「――――いいえ神楽坂さん。私が、この人が冷たい牢屋に閉じ込められる未来を選びます」

その場に、非科学的な力を持った者が割って入った。

パチンッ、と指が鳴らされる。

その瞬間、怒りの形相を浮かべていた嘉禪は猛烈な不快感に襲われ膝をつき、母親と息子の嘉禪義人はその場に崩れ落ちた。

何が起きたのか。

誰の声が響いたのか。

事態を何一つ理解できなかった嘉禪が目を見開き、怒りを向けられていた神楽坂が、冷や汗を掻きながら嘉禪の背後に唐突に現れた少女へと視線を向ける。

「な、誰だっ！　一体何をっ」

「悪いですけど、私、貴方に興じるほど暇ではないんです。貴方には何の価値もなさそうですし、やりたいことだけやらせてもらいますね」

問答する気なんてない。

嘉禪の後頭部を少女が摑む。

ぞっとするほど感情の動きが読み取れない、真っ黒な瞳が凍り付くしわがれた老人の後ろ姿を映す。

そこに投げかけられる言葉は、あまりに軽く、まるで今日の天気の話でもするように適当だった。

「知ってますか？　人の悪意って、とっても折れやすくて、潰しやすいんです――特に、他人によく悪意を向ける人の悪意ほど脆(もろ)いものはありません」

「あ……あぁっ…………あああああああ…………」

人の思考など目に見えるものではない。

だから、きっと錯覚の筈だ。

老人を摑む少女の手から、剝がれる様に黒いカビの様なものが零れ出しているなど、あり得るような光景ではない。

「正直に言って、私、必要悪を謳う人間よりも偽善を為そうとする人間の方が好きなんです。だから、切り捨てるならどちらかなんて考えるまでもないんですよ。貴方がこういう人間で、神楽坂さんへ悪意を向けていただけて本当に助かりました。無駄な思考に時間を割かなくて済みますから」

顔色は変わらない。

死相が浮かぶこともなければ、外傷が加えられているわけでもない。

それでも、つい先ほどまで神楽坂へ醜悪な悪意を向けていた妖怪の様な人物は、少女に摑まれ、浮かべていた悪意を一つひとつ丁寧に手折られ、ただの老人へと変貌していく。

それを止める者はいない。

救われた形の神楽坂にはその権利はなく、老人の身を想う家族は意識を失っている。

そして、人の意思を捩じ折るなんていうことをしている少女は、ただ笑っているから。

こうして一つの、闇に葬られようとしていた事件の真相は、明るみに出ることとなるのだ。

第十三章

サイレント

嘉禅義人は恵まれた人間だった。

世間一般的に言えばこれ以上ないほどに、恵まれていた人間だったのだ。

地位のある父親に愛情深い母親。

中々子宝に恵まれなかった夫婦の念願の第一子となった彼は、その家の有り余る財と力の恩恵を与って、何一つとして我慢せずに生きてきて、奔放な彼の態度は許されてきた。

多少成績が悪くても、金遣いが荒くても、女遊びが酷くても、金と権力とコネがあれば誰だって彼を許さざるを得なかった。

だから彼はそういう風に世界はできているのだと、認識していた。

自分は権力を持ったほんの一握りの上流階級。

これまでも、そしてこれからも、自分は恵まれた人間であることを少しだって疑っていなかった。

そんな何一つ不自由ない生活に亀裂が入ったのは、当然甘やかされて育った彼の過ちからだった。

『……い、いや、勘違いだ。違う、猫でも撥ねただけだ』

親から貰える大金で夜通し仲間と酒を飲んでいた彼は、スーッと冷えていく頭で繰り返しそんなことを自分に言い聞かせた。

何かにぶつかった。

その時の信号の色は覚えていない。

悲鳴のようなものが聞こえた気がしたが、そんなのは小動物でも同じだろう。

だから自分は何も悪くない、何も悪くないんだと、動揺に震えるまま運転を続けた。

現場からの逃走。

もしも人間を轢いていたら。

僅かばかり残った理性がそんな恐怖から車をそのまま家に向かわせることなく、人通りのほとんどない隣の県にある山まで向かわせた。

そして、人がいないのを確認してから、自分をいつも甘やかしてくれる母親へ電話をしたのだ。

母親から父親へ連絡を繋ぎ、返ってきたのは期待通りの言葉だった。

『お前は何も気にしなくていい。迎えをやるから少しそこで待っていろ』

それから証拠と共に、彼は父親の息がかかった者達に回収された。

最初は人を撥ねたという意識から挙動不審になっていたものの、誰も何も自分に罰を与えないのだと理解して、十日も経たずに気にもしなくなっていく。

ああ、なんだこんなものなのか、と。

選ばれた自分の過ちは包み隠され許される程度のものだったのだ、と。

そうやって思考を歪ませた彼は、自分はまた許されたのだと信じ切った。

世間には何も公表されることなく、何もかも恵まれた彼はまたいつもの順風満帆な普段の生活に戻っていく、筈だった。

――これが、どこにでもある犯罪事件の顚末だった。

◆◆◆

一つの事件が解決した。

死者も出ていない、普段であれば見向きもされない様な小さな轢き逃げ事件であったが、闇に葬られようとしていた真犯人が明るみに出たとあっては話が変わる。

警察による隠蔽工作、犯人は警察官僚の息子、罪を全く関係のない者に被せようとした事実、騒がせるには十分すぎた。

要するに、未解決であった轢き逃げ事件の真犯人と共に、警察による隠蔽工作があったことも世に出回ることとなったのである。

警察官のほとんどはこの件に関与していない、無関係の者達であることは間違いないが、だからといって、警察に対する批判が爆発しないかと言えばそうではない。

これまでに類を見ないほど、世間から噴出した不満や批判は膨大だった。

連日続く報道各社による警察批判やネットやSNSで行われる批評の嵐に、警察庁は声明を出すまでに至り、年々増加傾向にあった犯罪件数や未解決事件の多さに、警察始まって以来最悪と噂されていた国民からの信頼がさらに墜ちることとなった。

もはや針のむしろ。

制服を着て外を歩いているだけで陰口を叩かれるなんていう個人に対する攻撃のみならず、警察庁周辺でのデモ行進なんていうのも連日続いている。

警察庁の本部だけでもこれだけ攻撃されているのだ、発端となった事件の現場である氷室（ひむろ）警察署は苦情や批判の嵐で、相当対応が忙しいらしい。

……色々と世の中の情勢を話したが、結局何が言いたいかというと、ここ最近私は神楽坂（かぐらざか）さんに会えてすらいないということだ。

私の力を見せて、神楽坂さんの信頼を得るために行った事件解決だった訳で、これを土台として異能の関わる事件の処理をしていこうと思ったのだが、それどころではなくなった。

事件を解明したことになっている神楽坂さんには連日事情聴取という地獄が待っており、また、どこから情報を入手したのか、報道各社が今回の隠蔽工作を暴いた警察官ということで取材を強行したために、世間からの注目度も他の警察官とは段違いとなってしまった。

世間からの評価は、不正を許さず真相を暴き切った立派な警察官。

警察内部からの評価は……まあ、評価は二つに分かれていることだろう。

一部から裏切り者扱いされていることは間違いない。

色々な対応をしなければならないようで、まともに電話することができない。

今後の協力体制についてやあの汚職おじいさんが言っていた神楽坂さんの婚約者とかについても話をしたかったのだが……こうなっては仕方ない。

しばらくは休憩期間ということで、気ままに私生活を送るしかないだろう。

チラチラと携帯画面を確認しながら掃除機を掛ける私に、ジト目をした妹が声を掛けてくる。

「……お姉、最近携帯ばかり見てるけど、彼氏でもできたの？」

「――――いっ、いきなり何をっ……⁉」

びっくりした。

普段心底驚くことなんてない私だが、読心から除外している妹の発言には完全に虚を突かれてしまう。

慌てる私の様子に桐佳はさらに疑いの目を強くして、唇を尖らせ始めた。

「だって、お姉って携帯は普段家だと自分の部屋以外で使わないし、かといって操作をしてる風でもないから、誰かの連絡待ちかなって」

「うぐっ……」

びっくりした。

言われてみればその通りである。

頭が足りなくて手のかかる子だと思っていた妹が、いつの間にかこんな観察眼を身に着けているなんて……流石は私の妹だ。

「言っておくけどお姉が分かりやすいだけだからね。目は死んでる癖に表情は豊かだし、そもそも何も隠す気のない行動ばっかりじゃん。お姉が本当に外でやっていけてるのか私、心配なんだけど」

「うぐぅっ⁉」

どうやらポンコツは私の方だったらしい。

い、いや、世の未解決事件を解決できる才女がポンコツな訳がない。

「べ、別に彼氏とかはできてないし！　ただのくたびれたオッサンの手助けをしてるだけだもん！」

「え……お姉、高校生とつるむオッサンは完全に不審者だから近付かない方が良いよ？」

「妹に常識を教えられる姉って惨めだから！　違うからね⁉　そういう仲じゃなくて、あくまで業務的な関係と言うか……！」

「業務……的……？」

口を噤んだ桐佳が顔色を変えて即座に電話をかけ始めたのを見て、心を読まなくてもどんな誤解を与えたのか分かった。

「――――あ、もしもし警察ですか。実は姉が」

「誤解‼　誤解だから電話を切って桐佳‼」

武力行使ほど利のない交渉はないという信条を捻じ曲げ、私は電話を掛ける桐佳に組み付きに掛かった。

当然、負けた。

◆◆◆

家に帰れず、職場で夜を過ごすこと一週間。

神楽坂上矢はようやく溜まりに溜まっていた業務の数々から解放され、家に帰ることが許された。

許されたのだが……神楽坂は家に直帰せず、最寄りの駅近くの定番の待ち合わせ場所、大噴水の前で人ごみに紛れて、人を待っていた。

当然この一週間は、周りの目を避けて携帯電話を使える時間がなかったために人と満足に連絡を取ることもできなかった。

特に燐香とは今後について話すこともできなかったため、仕事から解放されてすぐに彼女に『この後会えないか』と連絡を入れたのだ。

彼女はなぜか息も絶え絶えではあったものの快く二つ返事をくれたため、神楽坂は自分の安アパートにも帰らず、そのまま彼女との待ち合わせ場所に向かった訳だ。

正直、今の神楽坂の立場は相当悪い。

そもそも左遷の様な扱いで氷室署に飛ばされ、事件に関わらないようにとほどほどに忙しい交通課に入れられた訳で、そんな奴が刑事課を差し置いて色んな事件を解決していれば、どこも良い顔はしないだろう。

そしてとどめに今回の件だ。

警察の不祥事を暴き、世間からの警察の信頼を文字通り失墜させた。

同じ氷室署の人達はおろか、警察庁から来た偉い方々も、辞めさせるにも辞めさせられない面倒な奴だという考えを隠すそぶりさえなかった。

一度経験しているから分かるが、あの態度を見る限り、おそらくまたどこかに飛ばされるか、別部署に移されるのが有力だと思う。

(せっかく異能という超常的な力までたどり着いて、本当に幸運に、その力を持った善良な協力者まで得られたんだ。警察官を辞めることになったとしても、この協力関係だけは何とか継続したい……)

先日見た力の一端。

犯人を特定するまでの尋常ではない速度に加え、人の行動を先読みし、その意思を砕き、行動を誘導する異常な力。

常人ではどうあっても太刀打ちできない格差をまざまざと見せつけられた。

彼女は誤魔化すことができる程度の大した異能ではないと言っていたが、そんな生易(なまやさ)しいものでは断じてない。

もし彼女が完全犯罪を実行しようと考えれば、いや、世界の均衡すらいともたやすく崩すことができる、そんな力を彼女は持っていると神楽坂は確信した。

だからこそ、そんな力の持ち主が味方でいてくれている現状は、どうしようもないほどに幸運に違いないのだ。

（そうだ、たとえ俺が警察官を辞めることになったとしても。警察では解決できなかった事件を解決させることができるのなら――）

「お久しぶりです、神楽坂さん。心配してましたよ」

「ああ、連絡取れずすまなかった。こっちは少し大変だったんだ」

背後から掛けられた声に振り返る。

頭数個分小さな燐香の姿はいつも通りで――いや、いつも通りではなく、何か争った形跡が体中に見受けられた。

異常な力を持つ筈の少女が、髪や服装がやけにボロボロの情けない姿で、虚勢を張るように微笑（ほほえ）みを携えてそこにいる。

「ふ、誘拐事件を解決する前と同じ、不健康状態になっている今の神楽坂さんの姿を見れば、まともに家にも帰れてないくらい忙しかったことは簡単に想像できますから気にしないでください」

「あ、ああ」

心を読めてあえて触れないということは、なんで争ったような形跡があるのかという疑問には答えたくないのだろう。

　そう考えた神楽坂はそのままスルーしようとするが、その思考すら読まれたようで、燐香は涙目で睨んでくる。

「なんですか、文句でもあるんですか。そりゃあそうですよね、前に身だしなみうんぬんで色々言ってた奴がこんな格好ならそりゃあ思うことはありますよね……まあ、良いです。お互いボロボロで、ある意味お似合いの状態ですからね。言いっこなしです。ちょっと、妹に負けるような自分の身体能力の低さは凄く個人的に気になりますけど……神楽坂さん、今度良い筋トレとか教えてくれませんか？」

「何があったのかは聞かないし、身だしなみについて言っていた癖にとかは思わないが……若いうちの運動能力向上は大切だからな。トレーニングとかは任せてくれ、俺は結構詳しいから」

　そんな風に、理由の違うボロボロな姿を軽く笑いお互いの無事を喜び合う。

　まだ出会ってから一か月も経過していないが、打算はあるもお互いの身を案じる程度にはいい関係を築けていたようだった。

「ニュース見ましたよ。名前こそ出ていませんでしたがヒーロー扱いでしたね、神楽坂さん」

「止めてくれ、警察署では腫れもの扱いなんだ。変に褒められて自分の立場を勘違いしたくない」

「私は正当な評価だと思いますけどね。実力や人柄含めてですよ？」

「事件解決の立役者は君で、不正を暴いたのは同じ警察職員として当然だ。優秀なのは俺ではなくて君だし、褒められたくてやった訳じゃない。それに、そんなどうでも良いことよりも、俺と君にはやりたいことがあるだろう？」

「同感です。ではそのために、神楽坂さんが抱える憂いを一つ解消しておきましょう」

ニヤリと悪人ぶった笑みを浮かべた燐香が、手書きのメモ用紙を神楽坂に押し付ける。

そこに書かれているのは、異能が関わっているのではないかと彼女に詳細を見せた他の三つの未解決事件の名称と、それぞれの事件名の下に人の名前と住所、そして潜伏場所だった。

「私の方でそれぞれの犯人と所在について調べておきました。神楽坂さんには今回かなり身を挺してもらう形になりましたので、それに対する報酬の様なものです。まあもっとも、物理的な証拠については何も握っていないので、それはそちらでやることになると思いますが」

「……なるほどな。助かった、ありがとう。この件についてはこっちでやっておく。ちなみに最初に言っていた通り、異能が関わっていた事件は……」

「一つもありませんでした。と言うか、同じ地域で異能が関わる事件なんてそうそうあるものじゃないですから。安心してくださいって」

何度も言うが、異能なんていう常識外れを所持しているのは非常に希少であり、それを十分に発現させられる者はさらに少なくなる。

その上、異能を些細な犯罪に使おうなんていう非合理的な人間は、世界は広いといえども流石にいないも同然だ。

だから、注視するべきは一件一件の事件ではない。

「異能を集めている組織、これを探ってしまった方が芋づる式に判明することが多いはずです」

「……子供を集めて何か実験をしていた組織、か。〝紫龍〟という強力な異能持ちが所属していたほどだからな。ほかにどれほどの手札があるか、どんな目的を持っているのか、考えることは山積みか」

「おそらくその組織にとっても〝紫龍〟は大切な存在の筈です。そのうち奪還に来ることも予想されますから注意を……って、すいません。今の立場の神楽坂さんには、好きなように動けるだけの自由はありませんね。気にしないでください」

「……そこまで聞いて、みすみす見逃すようなことはしたくないな」

「別に見逃してくれて構いません。むしろ回収してくれた方が足取りを追いやすいので。あくまでいなくなったタイミングを教えてくれるだけで十分です」

前を歩く燐香を追いかける形で神楽坂は彼女と会話をするが、不穏な会話をしていても周りの人達はこちらを気にしたようなそぶりも見せない。

燐香が異能で何かしらやっているらしいが、神楽坂はどうにも誰かに聞かれているのではないかと不安を覚えて、できるだけ小声で話してしまう。

が、燐香はあえてそれに逆らうようなことはせず、同じように声を潜めて話を続ける。

「とりあえずお疲れ様です。またしばらくは忙しいでしょうし、何か異能が関わりそうな情報があった時や状況に変化があった時は連絡をください。なんとか時間を作って、協力させていただきますので」

「……ありがとう、君には助けられてばかりだな。それと、今回の件は悪かった。また今度埋め合わせはちゃんとする。何か欲しいものや食べたいものなんかがあれば遠慮せずに言ってくれ」

「ふふ、では神楽坂さんの行きつけの食事処にでも連れて行ってもらえれば」

「俺の行きつけの食事処なんて、そう高級な所じゃないぞ」

「良いんですよ。これから一杯お世話になるつもりですから負担にならないようなものの方が都合良いですし、何より昔の私は下手くそな料理をいっぱい作って妹と一緒に食べていましたからね。何でもおいしく食べられる子なんです」

「ふっ、苦労話なのか笑い話なのか分からないが、その配慮は受け取っておく」

時間はもう夕刻だ。

何とか時間を作ってこうして落ち合ったが、あまり長い時間は取れない。

人通りもそろそろ帰宅ラッシュの波で急増するだろうことを考えれば、長々と話を続けるのも難しいだろう。

近くにあったクレープ屋から品物を受け取った神楽坂が燐香に渡して、そろそろ解散するかと提案する。

現状とお互いの無事は確認できた、これからの方針も共有できた、ここから神楽坂の立場がどうなっていくのかは未知数だが、とりあえずはそれだけで二人は満足だった。

「とりあえず家に帰って風呂入って寝るかな。どうせ明日にはまたゆっくり食事する暇もないし、今日だけでもしっかりと休まないとだ。君もそろそろ勉強に力を入れたいだろ？」

「私、頭良いのでそれは大丈夫ですよ。職場でどうにもならなくなったときは言ってくださいね。警察署丸ごと洗脳してなんとかしてみせますから」

「はは、そんなテロみたいなこと……駄目だからな？　やっちゃ駄目だからな？」

「冗談ですって、今の私にそんな出力は出せませんから」

「どうせ読まれるだろうから言うが、君はマジでやりかねないと俺は思ってる」

「……私ってそんなに悪い奴に見えますか？」

露骨に目を逸らし早歩きになった神楽坂に、燐香は半目を向ける。

少し空いた距離を小走りで詰めて、手にしているクレープを口に押し込んだ。

「君の協力のおかげであと残ってるのは後処理だけだからな。この後異能の関わる事件でも起こらない限り、しばらく会うこともないかもしれないな」

「またまた未練がましいですって、同じ地域でそう何度も起こらないですよ………あ、そういえばちょっとお聞きしておきたいことがあったんでした。ほら、この前あの妖怪みたいな汚職おじいさんが言っていたことなんですが」

「汚職おじいさんってお前……」

あれでも最高幹部まで上り詰めた人間なんだがとは思ったが、今回の事件を隠蔽しようとした部分しか見ていない燐香に何を言っても説得力などないかと口を噤む。

どうせもうすぐ失職するんだから何と呼んだっていいだろうと燐香は言って、それよりもと続けた。

「ほら、同僚が自殺したとか、婚約者が昏睡状態だとか――」

そんな風に、燐香が少し気になっていたことを聞き出そうとした時、背後から女性の短い悲鳴が上がり、直後男の怒号が飛んできた。

「邪魔だ退きやがれ!!」

「っ、危ねぇ!!」

「え――ひぃんっ⁉」

突如として強く背中を押され、小さな体躯の燐香が吹き飛ばされかけたのを神楽坂が慌ててキャッチする。

危うく地面と顔面からキスする所だった。

随分と情けない悲鳴を上げた自覚があったのか、燐香は恥ずかしそうに口元を押さえる。

それから燐香は猛然と走り去っていく男の背中を睨み、神楽坂にお礼を言ったところで別の誰かの怒号が聞こえてきた。

「あいつっ、ひったくり犯だ‼　誰か捕まえてくれ‼」

「まったく……すまん、少し離れるぞ」

「え、神楽坂さん⁉」

突き飛ばされた女子を放って犯人を追う⁉

いや大事はなかったし、しっかりと倒れる前に支えてくれたけれども⁉

そんな燐香の抗議の声などなんのその。

恐るべき速度で犯人を追いかけ始めた神楽坂の足の速さに燐香は啞然とする。

学校の運動会で見る体力自慢達でもあんな速いのは見たことがない。

人ごみをスルスルとすり抜けて、あっと言う間に犯人との距離を詰めていく姿に、警察官ではなくスポーツ選手になれと一瞬考え。

「────ちょ、ちょちょ、ちょっと待ってください！」

追いかけられていることに気が付いた犯人が苦し紛れに路地裏に駆け込んだと同時に、燐香も慌てて二人を追いかけた。

異能も持たないただの犯罪者の一人や二人に神楽坂が負けるとは思わなかったが、もし何かしら武器を持っていたら自分の異能が必要になるかもという考えが燐香の頭を過ったからだ。

走り出し、しばらく追い掛け、なんとか燐香は二人が曲がった路地裏に辿り着く。

「ぜひゅっ……ぜひゅー……、か、神楽坂さん待ってぇ……私体力ないんですよぅ……えっ……？」

路地裏を覗き、燐香の口から出たのは疑問の声だった。

神楽坂だけが路地裏に入ってすぐのところで立ち尽くしている。

直前に入った犯人の姿は何処にもない。

争った形跡すら、どこにもなかった。

「か、神楽坂さん、犯人は？」

「なあ。異能を持つ奴ってそういないんだよな？」

神楽坂の問いかけを聞くと同時に、ぞくりと燐香の脳内に警鐘が響く。

神楽坂は訳が分からないといった表情で振り返り、状況を説明しようと口を開いた。

「確かに目の前にいた奴が跡形もなく消えたんだが、これは──────」

「──────下がってください神楽坂さん‼」

危険を感じたのは神楽坂の様子になどではない。

感知した攻撃的な〝異能〟の出力に、死の危険を感じ取ったのだ。

神楽坂が何か言う前に、燐香は彼のシャツを掴み、そのまま後ろに引っぱった。

直後、鋭い何かが神楽坂が立っていた辺りを通過する。

バシャバシャと、高所からバケツでもひっくり返したような水音が目の前で発生し、それが真っ赤な血であることに気が付いたのは、周囲で悲鳴が上がってからで。

次いで上から落ちてきたのは、バラバラの複数の物体で。

それが、先ほどのひったくり犯のバラバラ死体だとすぐに分かった。

状況に気が付いた神楽坂が目の前の凄惨な光景を見せないようにと、咄嗟に燐香を抱え込み、それから呆然と、目の前の落下してきた死体を見つめる。

「なんなんだ、これ。直前まで、俺から逃げてた犯人がどうやって……」

「……どうやってなんて、分かり切ったことじゃないですか」

異能の出力を全開まで上げて、半径五百メートル範囲に犯人がいないかを探った燐香がため息を吐く。

ほんの数秒前まで、神楽坂まで巻き込もうとしていた攻撃的な異能はすでにこの場に存在していない。

半径五百メートルの範囲には殺人的な思考を持つ犯人は存在していない。

つまり、それ以上の距離から力を振るう、若しくはほんの数秒で燐香の探知範囲から逃げ出せるほどの速さを持つ――

「……これが、異能の関わる事件ですよ」

「は、はは……ふざけやがって」

音もなく、凶器の痕跡も残さず、凄惨な光景を作り出したのは超常の力。
阿鼻叫喚と化した駅前通りで、神楽坂の頬から冷たい汗が流れ落ちた。

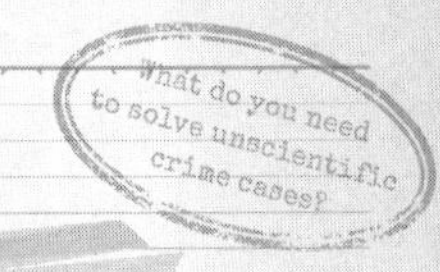

使用者：佐取燐香

脅威度：ー

出　力：B

・知性が存在する生命体全てが対象

・思考や感情を読み取り、干渉次第では違和感を覚えさせないまま対象とした相手の思考の方向性を誘導・誤認させる ・周囲から認識されにくい

・物理な力を振るう事は出来ず、対象を取れる相手が存在しなければ無力

・対象を取れる相手がいれば応用の幅は広い

→『読心』『思考誘導』『認識阻害』『完全洗脳』

【特記事項】

対象者が使用者の存在を認識しているか否かで効果に差がある

紫煙霧散（しえんむさん）

所持者：紫龍（本名：灰涅健斗）

脅威度：★★

出　力：A

【特記事項】黒い欠片？

追い詰められた際に使用。
異能の出力及び性能を
飛躍的に向上させる。
詳細は不明。

・自身が発生させた煙を自由に増減・変形させる

　※無から煙を生み出すのは不可

・煙に触れたものを有機物・無機物問わず煙の中へ収納

・煙の中に収納したものはその重量に左右されず運搬可能

　→自分自身を煙に紛れ込ませ移動することも可能

・収納した物の放出は落とすだけではなく射出に近い事が可能

　→移動式砲台としても利用可能

・収納するものによって必要な煙の量が異なる

・異能使用者以外は煙の中のものへの接触・取り出し不可

【対応策】

小麦粉で阻害可能
煙時に電気は有効…？

あとがき

本書籍をご購読くださり本当にありがとうございます！

Ｗｅｂ小説発の本作品がこうして書籍の形となって出版できたことは皆様の応援があったからこそであり、皆様のお手元に届けられたことは望外の喜びです！

『非科学的な犯罪事件を解決するために必要なものは何ですか？』、略して『非ななな』の第一巻はいかがでしたでしょうか？

何だかまだまだ不穏な部分を残している主人公と過去に何かあったことが窺える神楽坂の凸凹コンビが織りなす、人間模様のような、ミステリーのような、異能バトルのような、よく分からない本作を少しでも楽しんでいただけたなら嬉しいです。

書籍でもＷｅｂ小説でもこのままお付き合いいただけたらもっと嬉しいなぁと思いつつ、これからも執筆活動を継続していこうと思いますので何卒よろしくお願いします。

また話は変わりますが、一つどうしてもこの場を借りして皆様にお伝えしなければならないことがあります。

それは『本作品に出てくる熊用スプレーは特別製であり、実際の商品を使用する際は取扱要領を遵守してね』ということです。

本作では主人公の燐香がガンガン熊用スプレーを使用していますが、熊用スプレーは人に向けて使っちゃいけませんし密閉された空間で使ったら大変なことになります。

何なら使用した瞬間に向かい風を受けて「あー⁉」なんてことも考えられる危険な代物です。

皆様の身を自爆や法律など色んな方面から守る為にも、用法用量を守った取り扱いを何卒よろしくお願いしますね……！


この書籍をご購入いただけた皆様と第二巻でまたお会いできることを祈っております。

また最後になりましたが、様々な面で補助してくださったKADOKAWAファミ通文庫の皆様、慣れない私に指摘し相談に乗ってくださった担当編集の阿部様、本作のイラストを担当してくださったよー清水様、初めての書籍作業で慣れない私にお付き合いいただけたこと心から感謝しております。本当にありがとうございました。

この物語はフィクションです。実在の人物・団体・事件等とは一切関係ありません。

■ご意見、ご感想をお寄せください。

ファンレターの宛て先
〒102-8177 東京都千代田区富士見2-13-3 ファミ通文庫編集部
色付きカルテ先生 よー清水先生

FBファミ通文庫

非科学的な犯罪事件を解決するために必要なものは何ですか？

1830

2024年1月30日 初版発行

◇◇◇

著 者 色付きカルテ
発行者 山下直久
発 行 株式会社KADOKAWA
〒102-8177 東京都千代田区富士見2-13-3
電話 0570-002-301（ナビダイヤル）
編集企画 ファミ通文庫編集部
デザイン GROFAL Co.,Ltd.
写植・製版 株式会社スタジオ205プラス
印 刷 TOPPAN株式会社
製 本 TOPPAN株式会社

●お問い合わせ
https://www.kadokawa.co.jp/（「お問い合わせ」へお進みください）
※内容によっては、お答えできない場合があります。
※サポートは日本国内のみとさせていただきます。
※Japanese text only

ISBN978-4-04-737737-0 C0193

定価はカバーに表示してあります。